Luigi Pirandello

La Nuova Colonia

© 2023 Culturea Editions

Texte et illustration de couverture : © domaine public
Edition : Culturea (Hérault, 34)
Contact : infos@culturea.fr
Retrouvez notre catalogue sur http://culturea.fr
Imprimé en Allemagne par Books on Demand
Design typographique : Derek Murphy
Layout : Reedsy (https://reedsy.com/)

Dépôt légal : janvier 2023
Tous droits réservés pour tous pays

ISBN : 9791041841479

PERSONAGGI

LA SPERA

MITA

LA DIA

MARELLA

SIDORA

NELA

CURRAO

CROCCO

TOBBA

PADRON NOCIO

DORÒ

PAPÌA

FILLICÒ

BURRANIA

QUANTERBA

TRENTUNO

CIMINUDÙ

OSSO-DI-SEPPIA

IL RICCIO

NUCCIO D'ALAGNA

BACCHI-BACCHI

FILACCIONE

PALLOTTA

Giovane contadino

Marinai – Pescatori – Uomini della ciurma

Guardie di dogana

PROLOGO

La taverna di Nuccio d'Alagna nella calata del porto d'una città marinara del Mezzogiorno. La parete di fondo è divisa in due parti che formano in mezzo un breve angolo. Nella parte sinistra, che rientra in quest'angolo, è inserita un'alta e stinta scaffalatura con polverose bottiglie di liquori, d'ogni colore, allineate sui palchetti. Davanti alla scaffalatura, un banco di méscita, di quelli all'antica, con la buchetta in mezzo per le monete. In questo banco, da un lato, l'acquaio, con attorno bottiglie, bicchieri, bicchierini; dall'altro lato, un fornelletto a spirito, con una vecchia cùccuma da caffè, di rame e il manico d'osso; e, attorno, rozze tazze di terraglia, scheggiate. L'altra parte della parete di fondo, più sporgente, è quasi tutta presa da una sudicia vetrata scompartita da bacchette di ferro, la quale comincia a poco più d'un metro dal suolo e va su fin quasi al soffitto. Da questa vetrata si scorge appena la calata del porto, al lume d'un fanale acceso lì davanti.

Nella parete di destra è la comune, con la soglia illuminata dal lampioncino che, appeso sotto l'insegna esteriormente, non si vede.

Nella parete di sinistra, un usciolino all'angolo immette dal banco di méscita in cucina. Più avanti, nella sala, è un altro usciolo chiuso da cui si scende nel riposto.

Tavole e tavolini con panche e sedie davanti e intorno, lungo le pareti e nel mezzo.

La taverna è illuminata scarsamente da lampade che pendono dal soffitto: filo e padella. Ed è sporca e lugubre.

Fuori, il mare è agitato da un vento furioso.

Al levarsi della tela, il vecchio tavernajo Nuccio d'Alagna, storto e magro, con la barba a collana, s'aggira con uno strofinaccio tra i tavolini, pulisce e rassetta le seggiole. Porta in capo un rigido berretto di panno turchino, con larga visiera di cuoio; e, sulle spalle, un vecchio scialle grigio peloso, con un resto di pèneri pendenti lungo gli orli. Seduto al primo dei tavolini presso la parete di sinistra, sul davanti, il vecchio pescatore Tobba, sui sessant'anni, ha finito di cenare e ora fuma a pipa, sonnolento. Ha in capo una lunga e piatta berretta marinaresca, a forma di lingua, di color rosso, ma sporca e ingiallita, volta all'indietro e pendente sulla nuca; gli occhi bolsi e acquosi; la barba corta ma folta e schiumosa; appesa alle spalle, la decrepita giacca senza più colore, tutta toppe vecchie e toppe nuove, vivaci; invece del panciotto, una fascia rossa stinta rigirata attorno alla vita; i calzoni bianchi di tela, un po' rimboccati sulle gambe cotte dal sole; e i piedi scalzi. Poco dopo, entra dalla comune, senza scostarsene, Padron Nocio, con sdegnosa superbia. È un vecchio stangone dalle spalle alte, ferrigno e adunco, accigliato, con occhi adirati. Veste da ricco padrone di paranze un abito di velluto turchino, dalla giacca a vita e i calzoni a campana; una fascia di seta celeste (non lucida), invece del panciotto, gli cinge la vita; porta in capo un grosso berretto di pelo, a barca; è senza baffi, con le basette allungate fino agli angoli della bocca.

PADRON NOCIO (*chiamando dalla soglia*) Oh –

un fischio, breve

– cannuccia di pipa!

NUCCIO (*voltandosi al fischio e riparandosi con una mano gli occhi dalla luce*) Chi è? – Ah, voi, Padron Nocio?

Accorre premuroso.

PADRON NOCIO (*prima che Nuccio s'accosti*) Sta' in là, che puzzi.

Ma poi, accostandosi lui, guardandolo un po' e sbattendogli un dito sulla punta del naso, leggermente, di qua e di là:

Bel naso di civetta!

NUCCIO (*tirando indietro il capo e riparandosi il naso con una mano*) Lasciàtemelo stare, che mi serve.

PADRON NOCIO Se vuoi che séguiti a servirti – (consiglio sano val più della mano) – bada che mio figlio Dorò non si sporchi più le scarpe entrando in questa tua tana –

NUCCIO (*tentando d'interromperlo, per scusarsi*) – ma io –

PADRON NOCIO (*seguitando, ma rivolto a Tobba*) – di ladri e vagabondi!

TOBBA (*senza scomporsi*) Dite a me, padron Nocio?

PADRON NOCIO Dico a chi m'intende.

TOBBA (*tentando di riprendere*) E come potrei io –?

PADRON NOCIO (*scartandolo col braccio*) – lèvati! –

A Tobba.

No: proprio a te, anzi, se vuoi saperlo!

TOBBA Oh bella! E che v'ho rubato io?

PADRON NOCIO Tu non devi guastare la testa a mio figlio –

TOBBA – io? –

PADRON NOCIO – tu, sì, parlandogli della tua isola, che Dio la sprofondi per sempre!

TOBBA (*come se s'aspettasse ad altro*) Ah, l'isola. –

Sorride.

– Il paradiso degli uomini cattivi.

PADRON NOCIO (*a Nuccio*) Ne parla, come se non ci fosse stato vent'anni a domicilio coatto!

TORBA Ladro e vagabondo. Già. Ma per ladro –

Si toglie la giacca dalle spalle e la mostra

– guardate: più toppe qua, che piaghe sulle carni di Cristo –

PADRON NOCIO – va' là, che le toppe, voi poveri, le portate –

TOBBA (*levandosi*) – allegre, sì, come fossero bandiere! – E per vagabondo, mi dispiace, ma ho da ricordarmi ancora d'un giorno, uno solo, mandato da Dio sulla terra, ch'io non abbia lavorato.

PADRON NOCIO Bel lavoro, il contrabbando!

TOBBA Non ne ho mai profittato per me.

PADRON NOCIO Ma hai dato agli altri il mezzo di far male.

TOBBA (*tornando a sedere*) Male, bene: potete impacciarvene vojaltri, di codeste cose.

PADRON NOCIO Tu, no? Ma se sei tu, anzi, più in colpa di tutti! Tu. Perché rubare vorrebbe ognuno, –

voltandosi a Nuccio

– eh, cannuccia di pipa? – con le mani degli altri.

NUCCIO Verità sacrosanta (se non la dite per me).

TOBBA Lui, infatti, con le sue, non ha mai rubato. Positivo. – Per me, padron Nocio, lavoro comandato. Questo o un altro. Non ho mai voluto saper altro. – Caricare, scaricare. – Pagato un po' di più per il rischio.

PADRON NOCIO Ah, lo senti il rischio? Dunque sai ch'è male quello che fai?

TOBBA (*correggendo, triste*) Che *facevo*, se mai. Ora sono vecchio e non me lo lasciano più fare. – Male per me, padron Nocio, se mi prendevano. E mi presero, difatti. Sei volte. Alla sesta, mi mandarono all'isola. Seguitai a lavorare anche lì. Ma lì almeno, tutti bollati. Non come qua, metà sì e metà no; e schifati da quelli che non hanno il bollo.

PADRON NOCIO E tu tórnatene all'isola, allora, se per te è meglio là.

TOBBA Magari potessi! Non si può, lo sapete. Sgomberata dopo l'ultimo terremoto, per ordine superiore.

PADRON NOCIO Già. Dicono – (anche di recente i miei uomini me l'hanno detto) – che s'abbassa sempre più.

TOBBA La sentenza è data: scomparirà dalle acque, un giorno o l'altro. Quando ci portarono via, noi pochi scampati – (sarà stata immaginazione) – guardando mentre ci allontanavamo, il monte, ch'era alto, ci sembrò come schiacciato. Lo vedo ancora, com'era, nel cielo. Pareva che respirasse. Le coste, tutte felpate. E nelle radure, il duro ignudo della roccia, a toccarlo, scottava ancora di sole, quando ci andavo dopo il lavoro, già quasi a bujo. E quelle casette su in cima, appena s'allargava la notte, erano le prime a lavarsi d'alba le facciate; come noi, con l'acqua, la nostra maschera. E altro che questo puzzo ardente qua d'acquaccia nera nella nostra cala! Intorno, tutt'un tremolìo d'acque *così turchine che il cielo pareva bianco.*

PADRON NOCIO (*a Nuccio*) Così me l'incanta, capisci?

TOBBA Io non l'ho mai cercato, vostro figlio. Viene lui a cercarmi.

PADRON NOCIO E tu, quando viene, càccialo via, per ordine mio.

TOBBA Mi vuole bene perché voi non me ne volete.

PADRON NOCIO Io non ti voglio né bene né male. Voglio che mio figlio non pratichi con te.

TOBBA I santi – ricordatevi, padron Nocio – si fanno di legno cattivo.

PADRON NOCIO Io t'ho avvisato.

Fa per andare.

NUCCIO Non volete bere? Ho un vino che, solo a annusarlo, stordisce.

PADRON NOCIO Grazie, caro. Non ne bevo del tuo vino. Ho mia figlia qua davanti la porta. –

A Tobba.

Hai avuto il coraggio di farmi dire da Dorò di comperarmi quella tua carcassa che fa acqua da tutte le parti e prenderti con me sulle paranze.

TOBBA Fareste un'opera di carità.

PADRON NOCIO E che vorresti che ne facessi di quel colabrodo?

TOBBA Con poco potrebbe tenere il largo, se voi la riparaste.

PADRON NOCIO E te chi ti ripara?

TOBBA Sono vecchio, ma sono di buon osso.

A questo punto, dalla comune entra Mita, gridando, spaventata. Non ha ancora vent'anni. Florida, bionda come una spiga, con le trecce legate strette a crocchia sulla nuca. Ha una sottana nera di lana, lunga fino alla noce del piede, molto ampia e tutta a piegoline, rigonfia sui fianchi; un giubbetto di velluto viola, squadrato sul petto sopra una stoffa gialla a brusche d'oro. Porta in capo una «mantellina» di panno nero, che le scende rotonda sulle spalle fino alla vita. Da sotto, quando va per via, ne tiene i due lembi con ambo le mani a pugno chiuso, incrociando le braccia sul petto, fin quasi a nascondere il volto. Scoprendo il capo, terrà la mantellina sulle spalle con la sola parte superiore abbassata e volta indietro come un cappuccetto, che mostrerà allora la fodera azzurra, di seta.

MITA (*con le braccia levate, come a riparo del volto*) Ah papà! Ajuto! ajuto!

PADRON NOCIO (*subito, voltandosi*) Ch'è stato? Che t'hanno fatto?

S'avventa fuori della comune.

NUCCIO Qualche malcreato?

NIITA No, una donnaccia! una donnaccia!

Rientra Padron Nocio, trascinando a strattoni dentro la taverna La Spera. È costei una donnaccia da trivio dagli occhi foschi e disperati che le lampeggiano da un volto così imbellettato che sembra una maschera. In contrasto col volto così imbellettato sono le gale vecchie e scolorite del suo abito strappato, largamente aperto sul seno ancora formosissimo. Vecchio e strappato è anche il grosso «manto» scuro, sotto al quale per via è solita nascondersi, per scoprirsi ogni tanto a qualche passante notturno, là per la calata del porto, e darsi a vedere per quella che è.

PADRON NOCIO Che hai fatto a mia figlia, schifosa? Che le hai detto?

NUCCIO Ah, è La Spera!

Da dietro il banco di méscita, non visto, Dorò alzerà il capo a spiare.

LA SPERA (*a Padron Nocio che non la lascia*) Nulla, nulla! Lo può dire lei stessa.

PADRON NOCIO Come nulla, se è corsa qua spaventata?

MITA È vero: nulla: m'ha fatto paura come mi s'è accostata.

PADRON NOCIO Accostata? Tu, a mia figlia?

LA SPERA No, lasciatemi!

Si libera le mani con uno strappo violento, e lo guarda, fiera, mentre Padron Nocio fa l'atto di darle un pugno sul capo.

PADRON NOCIO Con un pugno ti fracasso!

LA SPERA Non m'ero accostata a lei. M'ero accostata, guardando così

si pone le mani attorno agli occhi

alla vetrata là, per vedere –

NUCCIO (*interrompendola, rivolto a Padron Nocio*) Lasciatela perdere, Padron Nocio: so chi viene a cercare qua dentro.

TOBBA Il padre del suo bambino.

PADRON NOCIO (*a Mita*) Andiamo via. Non avrei dovuto lasciarti fuori.

Ed esce con Mita, borbottando:

Maledetto chi mette il piede in certi posti!

Via con Mita.

NUCCIO (*a La Spera*) E via anche tu, subito! Sai che qua, sola, non devi entrare.

LA SPERA Non sono mica entrata da me. M'hanno trascinata.

NUCCIO (*spingendola fuori*) Se cerchi d'appioppargli il figlio che t'è nato, te lo puoi scordare! – Via, via! Fuori di qui, senza tante storie.

    Salta fuori dal banco di méscita Dorò. Svelto ragazzo di circa quattordici anni, precocemente cresciuto, porta già i calzoni lunghi a campana dei marinai e, invece della giacca, un maglione di lana col collo rimboccato, turchino; in capo, un berretto all'inglese, anch'esso turchino, tagliato a barca, con due fettuccine dietro, di seta nera, pendenti.

DORÒ No! Vecchiaccio vigliacco, non la scacciare così!

NUCCIO (*voltandosi con gli altri, maravigliato*) Oh guarda! Proprio lui!

TOBBA E di dove è entrato?

NUCCIO Dalla cucina! Ah, ma caccio via anche te, sai!

    E gli va incontro, minaccioso.

DORÒ (*parandoglisi di fronte*) Pròvati!

NUCCIO (*afferrandolo per un braccio*) Tu devi andartene! È stato qua tuo padre –

DORÒ – l'ho visto –

NUCCIO – a proibirmi –

DORÒ – l'ho sentito –

NUCCIO – ah, eri nascosto lì? –

DORÒ – lì: e non me ne vado.

NUCCIO Tu te n'andrai com'è vero Dio! E puoi pure andare a dire a tuo padre che t'ho cacciato io.

DORÒ (*battendo una mano sulla tasca dei calzoni e facendo sonare i soldi*) Pago mezzo litro a Tobba.

TOBBA (*subito*) Ah no, grazie, caro!

DORÒ (*seguitando*) E lei

    indica La Spera e subito si confonde

...lei è come se fosse con me.

NUCCIO Ma sentitelo! con lui! Puzza ancora di latte!

DORÒ Dico perché fuori non si bagni: non senti che s'è messo a piovere?

LA SPERA (*che è stata sull'uscio a guardar fuori, si volta con ineffabile tenerezza verso il giovinetto; poi dice a Nuccio*) Me ne vado.

NUCCIO E ti ripeto ch'è inutile che torni a cercarlo qua, il tuo galantuomo.

A Tobba

Si fa portare in caìcco, capisci? Io pago, e loro se ne vanno in barchetta di notte, come due sposini; e per dare ascolto alle sue chiacchiere, lui, su tre colpi, me ne fallisce due. Ah, ma mi ascolterà stasera, appena viene. Neanche un tozzo di pane gli darò da mangiare.

LA SPERA (*gli s'appressa; gli prende una mano*) Guarda:

fa l'atto di sputargli su quella mano

– puh! – ci sputo per lui – sul tuo pane.

NUCCIO Ah, ci sputi?

LA SPERA Sì; e su tutto quello che dici. D'ora in poi, chi vuol parlare con me – fuori! – dove non sono mai stata.

NUCCIO Farnetichi? o sei ubriaca?

LA SPERA (*con occhi invagati, come se si vedesse sul mare, di notte, in barca*) Dove le parole – tu non sai com'è – le dici – le ascolti – ti diventano nuove.

Voltandosi a guardare Dorò:

Come in bocca a quel ragazzo lì.

Scoppia a ridere: scuote le mani davanti alla testa come a cacciar via quelle parole, e se ne va dicendo:

Sono ubriaca! sono ubriaca!

Via.

NUCCIO Va' a bagnarti, va': l'acqua tempera il vino.

TOBBA Avrà i suoi diavoli anche lei.

DORÒ E io – piove – e non me ne vado.

NUCCIO Tu te n'andrai, perché non voglio aver da dire con tuo padre, io: lo vuoi capire?

DORÒ (*a Tobba, come se non avesse inteso*) Ma di' un po' – com'è che l'isola, dicono, scomparirà un giorno dalle acque?

NUCCIO E dàlli con l'isola!

DORÒ Non m'hai tu detto che la terra ha soperchiato le acque per volontà di Dio?

TOBBA Quando sarai per mare, t'ho detto, e l'avrai cattivo com'è cattivo questa sera, se sai che a petto della terra il mare è tanto, tanto più grande che non gli costerebbe nulla soperchiarla lui, la terra, e farne un boccone; tu devi pensare che, se non lo fa, questa è volontà di Dio –

DORÒ – sì – perché sulla terra –

TOBBA – c'è il coraggio dell'uomo che è più grande del mare.

DORÒ E se il mare adesso fa un boccone dell'isola?

TOBBA Eh, devi pensare che non c'è solo il coraggio. Dio, con esso, ti concede di vincere il mare. Ma l'uomo è anche cattivo, caro mio. E allora Dio, se pure ti stai sulla cima della più alta montagna, te la fa inghiottire dal mare come niente.

Entrano dalla comune, a frotta, rumorosamente, come se, correndo per ripararsi dalla pioggia, l'uno avesse sopraggiunto l'altro davanti la porta, con le giacche levate a riparo della testa, o con qualche grande ombrellaccio verde o rosso, Crocco, Fillicò, Quanterba, Trentuno, Papìa, Filaccione, il Riccio, Bacchi-Bacchi, Burrania, Osso-di-Seppia, Ciminudù: marinai contrabbandieri che spingono dentro di nuovo La Spera. Entreranno prima Fillicò, Quanterba e Trentuno, e si butteranno a occupare un tavolino; poi Crocco e Papìa che, tirando dentro La Spera, cercheranno di costringerla a sedere con loro a un altro tavolino; poi Filaccione, il Riccio e Bacchi-Bacchi, che occuperanno un terzo tavolino; poi Burrania e Osso-di-Seppia, che s'apparteranno in un quarto tavolino e traendo di tasca un vecchio e sudicio mazzo di carte si metteranno a giocare; infine Ciminudù che s'appresserà al tavolino di Tobba, restando in piedi.

FILLICÒ Mannaggia! Tutto bagnato!

CROCCO (*a La Spera*) E vieni dentro! Ti bagni la crocchia!

PAPÌA Ti si stinge la maschera!

LA SPERA Lasciatemi! Fatevi gli affari vostri!

QUANTERBA (*a Trentuno che ride forte*) Che ridi? Siedi, bestione!

PAPÌA (*a La Spera, tirandola per un braccio*) No, qua con noi!

LA SPERA (*svincolandosi*) Con voi non voglio aver da fare.

Va al tavolino di Tobba e di Dorò.

CROCCO (*a Papìa*) Lasciala perdere!

FILACCIONE Qua mezzo litro: pago fuori conto!

IL RICCIO Oh, biada alle bestie! Che ci hai preparato?

BACCHI-BACCHI E lo domandi? Il solito macco!

DORÒ (*a La Spera*) Tutta bagnata!

LA SPERA Non è niente.

BURRANIA (*a Nuccio*) Mezzo anche qua, oh!

OSSO-DI-SEPPIA Rosso, fuori conto.

*Intanto Nuccio d'Alagna avrà portato a Quanterba, a Fillicò e a Trentuno le scodelle di minestra;
altre ne porterà a Filaccione, al Riccio, a Bacchi-Bacchi e a Papìa.*

QUANTERBA Bella sbroscia? O come non ti fai coscienza di darci a ingollare questa robaccia
qua?

NUCCIO Robaccia? Mangia, che ti leccherai anche il piatto, quando avrai finito.

A Ciminudù rimasto con l'ombrello verde aperto:

E chiudi codesto ombrello!

CIMINUDÙ (*a Tobba*) No. Mi sento un canonico sotto il baldacchino. Non mi date posto?

Chiude l'ombrello.

TOBBA Siedi, siedi.

CIMINUDÙ Eh, caro Tobba: il rosario? santo; ma sgrànane pure i chicchi quanto vuoi, se poi non ti
dài ajuto da te!

CROCCO (*a Papìa*) Vedrai che Currao non ci starà.

PAPÌA L'ho visto alla spiaggia dietro a certi pescatori che con questo mare hanno avuto il coraggio
di gettare il tartanone.

FILACCIONE (*a Nuccio*) Oh! e il mio mezzo litro?

NUCCIO Pagare avanti, pagare avanti: se no, io mi distraggo.

QUANTERBA (*ridendo con gli altri e additandolo*) Lui, si distrae!

BURRANIA (*a Nuccio*) E pòrtalo anche qua: rosso: tu che ti distrai.

*Entrano dalla comune, per ripararsi dalla pioggia, tre campagnoli: un uomo e due donne: l'uomo è
giovane, col cappotto d'albagio a cappuccio, il berretto a calza di cotone nero, due cerchietti d'oro
agli orecchi, gli scarponi imbullettati; le donne, una vecchia e l'altra giovane, con le «mantelline»
in capo. Sono come sperduti. Seggono a un tavolino sul davanti, presso a quello di Tobba. Si
guardano attorno e sorridono ingenuamente a chi si sporge o alza il capo a osservarli.*

CIMINUDÙ (*a Tobba e a La Spera*) O oh, passeri nuovi! Guardate.

TOBBA Calati dalle montagne.

OSSO-DI-SEPPIA (*a Burrania*) Oh, che fai? Quattro e cinque nove, e prendi col fante?

LA SPERA (*a Dorò, indicando i contadini*) Alzati e va' a dire che se ne vadano: questo non è posto per loro.

CIMINUDÙ (*trattenendo Dorò che s'è alzato*) Che fai? Siedi. Lasciali stare.

Intanto, Nuccio d'Alagna si sarà appressato al tavolino dei nuovi arrivati per domandar loro che cosa vogliono da mangiare. Anche Crocco si sarà alzato per tentare qualche malestro.

LA SPERA (*a Dorò*) No, va', va': guarda là Crocco che se ne vuole profittare!

NUCCIO (*ai contadini*) Cotto? Vino? Peperoni salati?

IL GIOVANE Che c'è di cotto?

NUCCIO Minestra di fave.

CROCCO Buona, compare. Prendetela, che vi piacerà.

TOBBA Ecco qua Currao.

Entra difatti dalla comune Currao, con uno scialle scuro violaceo sorretto a tettuccio sul capo con ambo le mani per ripararsi dalla pioggia. Poco dopo entrato, se lo lascia cadere sulle spalle. Ha trent'otto anni; corpo gagliardo e agile; aria torva e sprezzante. Veste di nero, con berretto di pelo, maglione da marinaio, calzoni a campana e fascia di seta alla vita. Entrando, scorge La Spera che gli fa cenno di badare a Crocco, e si ferma a guardarlo e a guardare il giovane contadino allocco e le due donne.

NUCCIO (*a Crocco*) Che t'immischi tu?

CROCCO Volevo sapere se è sbarcato adesso, o se –

CURRAO (*strattandolo per un braccio*) E non ti vergogni?

CROCCO Oh, tu? Chi t'ha chiamato?

NUCCIO Ohi, dico...

IL GIOVANE (*alzandosi*) Per chi mi prendete?

CURRAO Per un latterino tra i granchi, compare!

CROCCO Granchio? Io lo voglio servire!

PAPÌA (*accostandosi*) Sbarca o s'imbarca? Pronta la barca!

TRENTUNO (*c. s., alla giovane*) Ci siamo qua anche noi, comaruccia!

CURRAO (*al giovane*) Andate, andate via!

Agli altri

E voi levatevi d'attorno!

NUCCIO (*a Currao*) O oh! Chi t'ha fatto padrone in casa mia?

Ai contadini

Sedete, sedete.

IL GIOVANE No, vi ringrazio.

Alle donne

Andiamo via!

Ed esce con esse per la comune.

NUCCIO Ah, mi mandi via gli avventori?

CROCCO Si vuole far santo con Tobba, non l'hai ancora capito?

CURRAO (*a Crocco*) T'ho detto e ripetuto che il ladro di terra, io, non l'ho fatto mai, e non voglio che lo faccia nessuno di quanti siamo qua segnati.

CROCCO O se no, che fai? Vai a far la denunzia per farci arrestare?

CURRAO (*attanagliandogli un braccio*) Bada: tu rubi, e altri qua dei tuoi, più schifosi di te, hanno rubato; e sono stato messo dentro io, e Quanterba con me, e questo

indica Ciminudù

e quel vecchio là

indica Tobba

noi, capisci? e tu no, mentre séguiti a rubare. Dunque la spia, qua, non la faccio io: la farai tu!

CROCCO (*svincolando il braccio*) Io? Pròvamelo!

CURRAO (*subito*) La prova è questa.

CROCCO Hanno messo dentro anche me, non so quante volte.

PAPÌA Anche me! anche me!

CURRAO Meno però di tutti noi; e poi subito, rilasciati.

QUANTERBA È vero! è vero!

CIMINUDÙ Qua dev'esserci una spia!

TRENTUNO Un traditore!

FILLICÒ Viene da mettersi a gridare come pazzi per le vie!

OSSO-DI-SEPPIA Non se ne può più!

CURRAO Te ne stai a guardare due ragazzi che giocano sulla spiaggia; o seduto sulla banchina del molo, le barche: vengono, t'agguantano per il petto, ti attanagliano i polsi: – «Dentro!» – E non ne sai nemmeno il perchè. – Un furto? una rissa? – Tu sei stato all'isola? e dunque, dentro! Tanto per cominciare e far vedere che fanno qualche cosa.

A Crocco, andandogli davanti a petto, fremente, ma contenendosi:

Tu mi provochi stasera, e io te lo dico.

CROCCO Ti provoco? Mi provochi tu!

CURRAO M'hai detto spia!

CROCCO Perché non vuoi più starci!

CURRAO Ah, per questo? No caro: tu devi aver saputo qualche cosa!

CROCCO Io? che cosa?

CURRAO Che m'hanno chiamato. Messo alle strette, a farmi confessare ciò che non avevo fatto, a farmi dire ciò che non sapevo –

FILACCIONE – hai fatto la spia? –

CURRAO – ho avuto una volta la debolezza –

TOBBA (*con stupore*) – come, tu?

PAPÌA – ah sì? –

CROCCO – lo confessa! –

CURRAO Che credete? Dico la debolezza d'avvilirmi davanti a loro, di mettermi a piangere, di rabbia, per l'esasperazione di non essere creduto –

PAPÌA – e hai parlato? –

CURRAO – ho supplicato mi déssero ajuto, mi procacciassero da vivere – onesto...

Scoppiano tutti a ridere sguaiatamente, meno Tobba, La Spera e Dorò.

FILACCIONE T'hanno rimesso in libertà –

PAPÌA – proponendoti un guadagno facile e sicuro: «Confidente ».

Altra risata.

CURRAO Ah, ne ridete?

QUANTERBA L'hanno proposto anche a me!

TRENTUNO E anche a me!

FILLICÒ Anche a me!

CURRAO Che l'abbiano proposto a voi, e che lui

indica Crocco

o un altro più carogna di lui abbia accettato, me l'immagino; ma che abbiano potuto proporlo a me...

CROCCO Tu devi essere malato.

Nuova sghignazzata generale, troncata subito, perché

CURRAO (*con scatto da belva agguanta per il petto Crocco*) Oh, bada che io mi t'attacco alla gola e te la mangio con un morso!

Quanterba, Papìa, Trentuno, Filaccione e Nuccio d'Alagna s'affrettano a separarli.

QUANTERBA Eh via!

PAPÌA Non fare il cane!

TRENTUNO Finitela!

NUCCIO Oh, fuori, fuori di qui!

CROCCO (*trattenuto, mentre lo trascinano fuori*) Tu me la paghi!

CURRAO Quando vuoi! quando vuoi!

PAPÌA O che è più onorato fare il ladro di mare, che quello di terra?

QUANTERBA A terra rubi sempre a qualcuno; a mare non rubi a nessuno.

OSSO-DI-SEPPIA Come, a nessuno?

QUANTERBA A chi rubi? Merce comprata e venduta. La dogana, rubi, se mai!

NUCCIO O insomma, finiamola, v'ho detto!

A Currao

E tu, se sei venuto per mangiare, guarda, caro: quella è la porta. Va', va' a fare il galantuomo fuori di qui!

FILACCIONE Così torneremo a ridere tutti!

NUCCIO Io non ti do nulla!

CURRAO Tu non mi dài nulla, perché io non voglio nulla, stasera; se no, ti farei vedere se mi dài o non mi dài. Tutta la roba ch'hai laggiù

indica l'usciolo a sinistra

nel riposto –

TRENTUNO – tanta che spancia da tutte le parti

CURRAO – è nostra, non tua!

NUCCIO Ah, roba vostra?

CURRAO Nostra, sì!

QUANTERBA E ALTRI Nostra! Nostra!

CURRAO Procacciata da noi, col rischio nostro!

FILACCIONE Per una manciata di soldi –

OSSO-DI-SEPPIA E un boccone di pane che ci fa veleno!

NUCCIO Ecco qua le chiavi: prendetevela, se è vostra: voglio vedervi!

LA SPERA (*a Currao, balzando in piedi e cavando un pugno di soldi dalla tasca*) No! Vieni qua! Non dargliela vinta, perdio!

Posando risolutamente quel pugno di soldi sulla tavola:

Qua: mangia!

Dopo un momento di silenzio, mentre tutti stanno sospesi a guardare ciò che farà e dirà Currao,

TRENTUNO (*in tono basso*) O oh!

PAPÌA Ma guarda!

CURRAO (*che si sarà appressato intanto lentamente, minaccioso, a La Spera, alzando ora una mano per schiaffeggiarla*) Del tuo danaro –

LA SPERA (*subito, prendendogli il braccio levato*) – che ha il mio danaro? Non è più sporco né più pulito di quello che passa per le tue mani!

CURRAO Me le insozzo io da me, le mie mani, senza bisogno della sporcizia tua!

LA SPERA E non mangi con quella che ti viene di qua? Buttagli in faccia la mia, e mangia!

Entrano a questo punto due Pescatori con una cesta di pesci.

PRIMO PESCATORE Dov'è Currao?

PAPÌA Oh, quelli del tartanone!

OSSO-DI-SEPPIA L'avete scampata bella!

FILLICÒ (*indicando, al primo Pescatore*) Eccolo là, Currao.

SECONDO PESCATORE (*a Currao, porgendogli la cesta*) Ecco a voi per l'ajuto che ci avete prestato.

QUANTERBA Oh guarda!

FILACCIONE Che ajuto?

CURRAO Grazie: non voglio nulla!

OSSO-DI-SEPPIA Che triglie oh, guardate!

TRENTUNO Non aveva da mangiare, e...

CIMINUDÙ Quando si dice la divina provvidenza!

PRIMO PESCATORE Ma è stato lui per noi la provvidenza: col mare grosso, se lui non ci dava una mano, questa sera il tartanone non lo tiravamo a terra davvero!

CURRAO (*seccato, per tagliar corto*) Mi date anche la cesta?

SECONDO PESCATORE La cesta, no, scusate.

CURRAO E allora andate: non voglio nulla.

TRENTUNO Vorresti mangiarti la cesta?

PRIMO PESCATORE Sono più di tre chili di triglie.

CURRAO Non le voglio! Se mi date la cesta, sì.

SECONDO PESCATORE Ne farete una cartata...

CURRAO Voglio la cesta! Con questo bel manico... Guarda, Tobba: tu lo prendi di qua, io di qua; e ce n'andiamo a venderle per la calata: «Le triglie fresche, pescate or oràààà!»

Imiterà il bando, quasi cantato, dei pescivendoli meridionali. Quanterba, Ciminudù, Trentuno, Filaccione, Osso-di-Seppia, il Riccio e Bacchi-Bacchi applaudono gridando: «Bene! Bravo! Benissimo!»

FILACCIONE (*ai Pescatori*) Regalàtegliela! Tanto, è vecchia.

PRIMO PESCATORE E prendetevi anche la cesta!

SECONDO PESCATORE E con buona fortuna!

CURRAO Su, Tobba!

ai Pescatori

Oh, a quanto, per tenerci sul giusto?

PRIMO PESCATORE Triglie vive vive, che saltano ancora! Le abbiamo vendute all'ingrosso, noi. Voi, al minuto, potrete di più. Vedete un po' voi...

TOBBA (*a Currao*) Vai, vai: per quello che ci costano!

SECONDO PESCATORE Vi pare poco una buona azione?

TOBBA Diventerebbe cattiva, se la facessimo pagare cara agli altri.

CURRAO Su su, non dar retta! Andiamo a fare i galantuomini. Ridete tutti!

E afferrando la cesta per il manico, comincia il bando:

«Le triglie fresche...

TOBBA (*terminando il bando*) – pescate or oràààà!»

Escono Tobba e Currao, reggendo la cesta l'uno da una parte e l'altro dall'altra, tra le risate di tutti.

CIMINUDU È poi da vedere se ci si guadagna di più.

LA SPERA Per quanto ci ha guadagnato lui a non farlo! Non ha da mangiare...

NUCCIO E proprio tu lo dici? Se non stésse a ciondolarsi con te tutto il giorno –

TRENTUNO – sì, guadagnerebbe assai! Si vede da come siamo ricchi noi tutti! – Ehi, Quanterba, come dorme lui?

indica Nuccio

QUANTERBA A pancia all'aria.

TRENTUNO Perché?

QUANTERBA Perché mangia troppo.

TRENTUNO Quanto mangio io?

QUANTERBA Eh, poco tu.

TRENTUNO E come dormo allora?

QUANTERBA Di taglio.

TRENTUNO Vedete la differenza?

Viene dalla calata del porto un vocìo confuso, che presto cresce, avvicinandosi.

PAPÌA (*correndo a guardare dalla vetrata in fondo*) Oh, gridano!

FILACCIONE (*accorrendo anche lui*) Che sarà accaduto?

OSSO-DI-SEPPIA (*c. s.*) S'azzuffano! S'azzuffano!

BURRANIA Chi s'azzuffa?

FILLICÒ Corro a vedere!

Via di corsa per la comune.

PAPÌA La voce di Crocco!

E corre fuori anche lui.

FILACCIONE Si vedono le guardie! Là, là, guardate!

    Tutti si alzano per guardare dalla vetrata; qualche altro esce per andare a vedere che cosa è accaduto. Intanto il clamore di fuori si sarà appressato; è quasi davanti la porta della taverna.

FILLICÒ (*rientrando in subbuglio*) Hanno arrestato Currao!

LA SPERA (*con un grido, lanciandosi verso la porta, seguìta da Dorò*) No!

FILLICÒ Qua davanti! Eccoli! eccoli!

    Irrompono dalla porta Currao e Tobba, aggrovigliati con le guardie che li hanno arrestati; rientrano insieme Crocco, Papìa e altri marinai del porto, vociando. Tra le grida dei marinai «Lasciateli! lasciateli!» si sentiranno quelle di Tobba che cerca di scusarsi, ma senza avvilimento: «Ma se vi dico che ce l'hanno regalate!» e quelle più forti di Currao che si divincola ferocemente: «No! no! Lasciatemi, per la Madonna! Non le ho rubate!»

CROCCO Sì, sì: le ha rubate! lui, lui!

                            indica Currao

con tutta la cesta!

LA SPERA Ah, cane!

CROCCO L'ho visto io! Le ha rubate! Or ora, qua!

LA SPERA Non è vero! Testimoni tutti, qua!

CURRAO (*riuscendo a svincolarsi e afferrando Crocco per il petto*) Me le hai viste rubare, tu?

TUTTI Non è vero! non è vero!

PRIMO PESCATORE Ma che rubate! Gliele abbiamo regalate noi!

SECONDO PESCATORE Noi, sì! Per l'ajuto che ci prestò!

PRIMO PESCATORE Con tutta la cesta, noi due. Chi li accusa è un infame!

TUTTI Infame! infame!

CURRAO No! Non è lui l'infame! Lui è soltanto il vigliacco che se n'approfitta, per vendicarsi!

A Tobba

Lo capisci che tu non puoi più onestamente metterti a vendere una cesta di pesci che t'hanno regalato? Non puoi! Ecco, vedi? Le hai rubate.

PRIMO PESCATORE Ma se non è vero!

CURRAO È vero! Noi non possiamo fare più altro! Patentati ladri, il nostro mestiere è rubare!

A Tobba

Non hai rubato? Sei in contravvenzione! E dunque, dentro!

Alle guardie

Portateci dentro!

PRIMO PESCATORE (*alle guardie*) Scherza...

SECONDO PESCATORE Potete rilasciarli, sulla nostra parola! Siamo pronti a dichiarare –

PRIMO PESCATORE – ch'è stato un regalo: ci ajutò a tirare a terra il tartanone.

SECONDO PESCATORE Gliel'abbiamo portata noi stessi, qua, questa cesta di pesci: sono tutti testimoni!

TUTTI È vero! è vero!

PRIMO PESCATORE Potete, potete andare. Se volete, veniamo con voi, a testimoniare.

Le guardie se ne vanno, seguite dai due Pescatori.

QUANTERBA (*agguantando Crocco per il petto*) E tu, schifo –

CURRAO (*subito, strappandolo indietro*) – no! lascialo stare!

LA SPERA Schifo, sì, schifo – voi della vostra, io della mia vita! – Sono tutta un fremito, Dio! – Non vi sentite torcere dentro le viscere come una fune? – Che aspettate più? Andiamocene, andiamocene via, andiamocene lontano!

TRENTUNO Lontano? Dove te ne vorresti andare?

LA SPERA Non lo so! Quest'isola c'è?

TRENTUNO L'isola? Che isola?

21

LA SPERA Quella di cui parla Tobba come del paradiso.

CIMINUDÙ L'isola della Penitenza?

LA SPERA C'è davvero?

FILACCIONE C'era una volta...

FILLICÒ Chi sa se c'è più adesso!

BURRANIA Vorresti andare all'isola?

OSSO-DI-SEPPIA Chi t'ha condannata?

LA SPERA Chi? Tutti, qua. Non vedete? Da non lasciarci più respirare!

CURRAO (*soprappensiero*) Tornare all'isola?

LA SPERA Sarà la liberazione!

FILACCIONE Sì! quando ti sprofonderà in mare!

LA SPERA E qua, dove sei? non sei sprofondato? Più a fondo di come sei qua, non potrai sprofondare! Ma sarà Dio almeno che t'avrà sprofondato! non gli uomini più cattivi di te! più cattivi, se non vogliono più lasciarti tornar a galla un momento a respirare, a respirare! Ah Dio, mi s'è messa qua questa smania

si preme con le due mani lo stomaco

di tirare un respiro dal fondo dei polmoni!

CURRAO (*di nuovo, guardando tutti*) Tornare all'isola...

TRENTUNO Ma come? condannandoci da noi?

TOBBA Non sarà più condanna, se ce la diamo da noi.

QUANTERBA Ma come ci andremmo? Oh, non diventiamo pazzi!

LA SPERA Tobba ha la barca!

TRENTUNO Quella? Ah sì! Proprio la barca per portarci a quell'isola!

LA SPERA Perché?

QUANTERBA Perché ti colerà a fondo anche prima dell'isola!

LA SPERA Si vedrà! Sarà la prova! A fondo, o resuscitati!

OSSO-DI-SEPPIA Grazie! Falla tu codesta prova!

FILLICÒ E poi, ammesso che ci arrivi, ti pare che ti ci lasceranno stare? Verranno con l'ordine di sgombrare e ti riporteranno via!

TOBBA Questo è possibile.

LA SPERA Ma glielo grideremo in faccia!

CIMINUDÙ Che gridi? Non vedi come t'ascoltano?

CURRAO La legge è sorda.

LA SPERA Che ci lascino stare a nostro rischio e ventura! Non vi avevano prima condannato a starci? Ve ne portarono via, perché ci potevate morire. Se ora accettate questo rischio, perché lo preferite alla vita a cui vi condannano qua? se gridate loro in faccia che per voi è meglio quella morte che questa vita?

TOBBA Non vale, per gli altri, la condanna che ti dài da te. Non pare più condanna, perché hai negato la soddisfazione che ti fosse inflitta. Ti mandano dove non vorresti andare; e allora sì è condanna; ma se ci vai da te, perché vuoi andarci, non è più condanna, è il tuo piacere.

LA SPERA Va bene, sì – e dirlo! dirlo forte! – sì: il nostro piacere: non fare più la vita che abbiamo fatto! Perché ci dev'essere negato? Se nessuno qua vuole più ajutarci, darci modo di farne una migliore? Andiamo a cercarne noi il modo là, anche a costo di morire. Perché ce lo dovrebbero negare? C'è terra da lavorare; il mare; Tobba ha le reti. Vi servirò io tutti.

PAPÌA (con un ghigno, fregandosi le mani) Ah sì? Benone, allora!

LA SPERA Come intendi, porco? Basta del mio mestiere! Lo faccio per questo! Servirvi, farvi da mangiare, badare alle vostre robe, curarvi se siete ammalati, e lavorare, lavorare anch'io con voi: vita nuova, vita nuova, e nostra, fatta da noi!

QUANTERBA Io ci sto!

TRENTUNO Ci sto anch'io!

CURRAO (a Tobba) Tu dài la barca?

TOBBA Pronto!

FILLICÒ Ci stiamo tutti?

OSSO-DI-SEPPIA Tutti! tutti!

CURRAO Adagio: chi vuole lavorare! chi s'impegna di starci! Ognuno, come deve. Non per andare a cambiar aria!

QUANTERBA A lavorare! a lavorare!

PAPÌA Dite sul serio? Lavorare? Con che? Con le mani?

TOBBA Con la voglia, se l'hai. Chi l'ha, non ha bisogno d'altro.

TRENTUNO Giusto! Trova e si serve di tutto!

FILACCIONE Ma qua c'è Nuccio d'Alagna! Anche quanto ci ha lì nel banco è tutto nostro!

NUCCIO Anche il danaro?

FILACCIONE Non per rubartelo! Per comperare zappe e vanghe, reti, nasse!

PAPÌA E l'aratro, te lo tireranno Burrania e Bacchi-Bacchi?

FILLICÒ Tu sei padrone di non venire!

PAPÌA No! Che! Ci sto anch'io! Ho sete anch'io di vita nuova!

BURRANIA (*a Papìa, minaccioso*) Tu hai inteso dire bue, a me?

CURRAO Finiamola con le liti!

TRENTUNO (*a Burrania*) Hai moglie? No. Dunque, non t'ha detto bue per le corna.

Rientra torvo, dalla comune, Crocco. Subito Currao va a prenderlo per una mano e lo tira avanti.

CURRAO Ritorni in punto! Vieni, vieni avanti!

Gli presenta una guancia:

Eccoti qua: forza, dài!

E poiché Crocco esita, stordito, prendendogli l'altra mano:

No, no, dài:

si colpisce con la mano di Crocco

così! E ora qua!

Gli presenta l'altra guancia.

CROCCO Ma perché?

QUANTERBA Si va tutti all'isola!

FILLICÒ E TRENTUNO All'isola! All'isola!

BURRANIA Con la barca di Tobba!

OSSO-DI-SEPPIA O a fondo o resuscitati!

BACCHI-BACCHI Una pensata de La Spera!

IL RICCIO (ironico) Tutti fratelli! – Dài! dài!

LA SPERA (*a Tobba, a Dorò e a Ciminudù, mentre gli altri séguitano a ragguagliare Crocco*) Ora lasciatemi andare.

TOBBA Dove te ne scappi?

LA SPERA Vado a prendere il mio bambino.

CIMINIDÙ Ma no, che fai? Non l'hai a bàlia?

LA SPERA Vuoi che lo lasci qua? Lo porto via con me!

Via di corsa per la comune.

CURRAO (*agguantando Nuccio per il petto*) Tu, gufo, non farai la spia!

NUCCIO Io? M'ammazzarono un figlio; so chi è stato; non ho parlato. Mi buttarono una figlia alla perdizione; so chi è stato; non ho parlato. – Volete andare davvero?

CURRAO Sì, domani notte!

TRENTUNO Tutti quanti!

CURRAO Chi fino a domani non se ne sarà pentito!

NUCCIO Con la barca di Tobba?

CURRAO Con la barca di Tobba!

NUCCIO All'isola?

TUTTI All'isola! all'isola!

NUCCIO Vi darò io le provviste per i primi giorni, e da comprarvi le zappe e le reti!

Entra a questo punto il delegato Pallotta seguìto da due guardie travestite. I «bravo!» e gli «evviva!» a Nuccio d'Alagna per la sua offerta cessano d'un tratto e tutti ammutoliscono.

PALLOTTA (*a Nuccio*) Ancora aperto a quest'ora?

NUCCIO Stavo per chiudere.

PALLOTTA Bada che questa è la seconda volta. Alla terza, tu chiudi e non riapri più. Via tutti subito! Via!

TRENTUNO Ma non siamo ancora in contravvenzione.

PALLOTTA Zitto tu, e fila! – Via, via tutti!

A Tobba, mentre gli altri s'avviano per uscire:

Tu vuoi proprio confonderti qua con questi altri!

TOBBA Dentato per quest'incastro, signor delegato...

PALLOTTA Dentato dice... Se non hai più denti.

TOBBA E difatti non macino più!

Rientra esultante, come impazzita da una gioia sovrumana, La Spera, col bambino al seno, gridando e ridendo, convulsa:

LA SPERA Oh Dio, che cosa... che cosa... oh Dio, oh Dio che cosa!

TRE DEGLI ASTANTI – Che ha?

– Che dice?

– Che t'è avvenuto?

CURRAO Il bambino?

LA SPERA No! Io! io! – Posso allattarlo! – Io! Io!

CURRAO Tu, allattarlo? Che dici?

LA SPERA Miracolo! Miracolo!

ALTRI DEGLI ASTANTI – Com'è?

– È impazzita?

LA SPERA No! Non so io stessa come sia! Non ci so credere io stessa!

CURRAO Ma che t'è avvenuto? Parla!

LA SPERA Un miracolo, un miracolo, ti dico! Posso allattare il mio bambino! io! io!

E se lo stringe di più al seno, quasi a ripararlo.

CURRAO Tu, da te? E come? Dopo cinque mesi?

LA SPERA Non lo so! Dissi a lui

indica Tobba

che andavo a prenderlo dalla bàlia; lo dissi così, come se mi movesse da dentro non so che cosa... un calore, un ardore che mi dava alla testa e mi calava al petto... Corsi come una pazza, un fuoco, una fiamma... e correndo – qua, al vicolo accanto – la prima porta – salendo la scala, caddi, ruzzolai, non avvertii nessun dolore; toccandomi, avevo il petto tutto bagnato: m'è sgorgato il latte, da sé, da sé, all'improvviso, per la mia creatura! per la mia creatura!

Fa l'atto di nuovo di ripararla e di ripararsi con lei.

CIMINUDÙ (*quasi allibito*) Questo è davvero miracolo!

TUTTI (*prima piano, poi, man mano crescend*o) Miracolo! miracolo! miracolo! miracolo!

TOBBA (*scoprendosi, e in tono solenne d'ammonimento*) Il segno di Dio, per tutti noi: che ci guiderà Lui! – Ora sì, si deve partire. Questa notte stessa. – Inginocchiamoci!

Tutti si scoprono e s'inginocchiano.

TELA

ATTO PRIMO

La scena rappresenta l'interno d'una casa diroccata, a terreno. Solo il muro di destra è rimasto in piedi intero, con una finestra senza vetri. Quello di fondo è crollato e lascia scorgere un lembo verdissimo dell'isola, col mare lontano, sfolgorante di sole al tramonto. Il muro di sinistra è danneggiato solo in alto, verso il fondo, e il guasto è riparato provvisoriamente con un pezzo di vela dipinta. Un uscio in questa parete immette in un'altra stanza, dove abita La Spera col bambino. Sono ancora per terra, in fondo, le pietre crollate. E ammonticchiati lungo le pareti, e qua e là sparsi, oggetti e mobili vecchi, tratti dalla rovina delle case dell'isola: qualche armadio con lo specchio rotto; qualche divano di bella stoffa ora scolorita e strappata, con la borra dell'imbottitura che strabuzza dagli strappi; seggiole d'ogni foggia; qualche panca; stoviglie di cucina; tavolini ecc. ecc.

Al levarsi della tela s'udrà un coro lontano dei nuovi coloni che ritornano dal lavoro.

Sono in iscena Ciminudù, Crocco e Papìa.

Ciminudù, messo a sedere su un paglione per terra, con le spalle appoggiate alla parete destra, ha sulle gambe e tirata fin sul petto una rozza coperta d'albagio e in capo un vecchio scialle grigio di lana. Céreo, patito, come uno scampato a una malattia mortale. Crocco sta seduto in fondo su una pietra a guardar fuori. Papìa è sdraiato bocconi per terra in mezzo alla scena, poggiato sui gomiti e con la testa tra le mani.

PAPÌA (*cessato il coro*) Anche il coraggio di cantare...

CROCCO Quando t'è entrata in testa la pazzia...

Pausa.

PAPÌA (*tra sé*) Non mi par vero, non mi par vero che siamo qua. Me lo sto sognando.

CROCCO Case diroccate, terre abbandonate e mare.

Pausa.

PAPÌA E questo spavento: di non potermi più svegliare e far udire a me stesso, vivo, la mia voce.

CROCCO (*dopo un'altra pausa*) Ah sì, un bel verso, se séguita.

Pausa. Poi, voltandosi iroso, di scatto:

E finiscila!

PAPÌA (*restando*) Io? Che faccio?

CROCCO Che stai a grattare?

PAPÌA Io? Non gratto nulla, io.

CROCCO Ah, sarà qualche grillo, qua, tra l'erba.

Pausa.

PAPÌA Tutte le cose... uno stupore... e pare che il tempo si sia fermato.

CROCCO Vedi se è vita, questa, da potersi reggere!

Altra pausa. Si mostrano nel fondo Quanterba e Trentuno.

QUANTERBA Come va il malato?

CROCCO (*indicando Ciminudù*) Eccolo là: con lo scialle in capo, come le beghine quando esce la benedizione.

TRENTUNO Ehi, Ciminudù?

PAPÌA Tòccalo, e senti se è vero...

TRENTUNO (*stordito*) Chi?

PAPÌA Lui. Se è vero che è lì...

TRENTUNO Sei impazzito? –

Poi, voltandosi a Ciminudù

Come stai, Ciminudù?

CIMINUDÚ Né meglio, né peggio.

QUANTERBA E allora, allegramente! Quando non c'è di peggio il male è poco. – La Spera?

CIMINUDÙ (*indicando con una mossa del capo l'uscio dirimpetto*) Di là, col suo bambino.

TRENTUNO Di' un po': quando viene a medicarti, a sentirne accosto accosto il calore... Se fossi malato io, guarirei subito, parola d'onore!

Scoppia a ridere sguaiatamente. Si sente lontana, dall'alto, la voce di Dorò che canta uno stornello marinaresco.

CROCCO (*alzandosi urtato, bofonchia quasi tra sé*) Quando questo ragazzo canta e gli guardo la gola, una tentazione mi viene, una tentazione di sgozzarlo come un pècoro!

TRENTUNO Così non farebbe più il cane di guardia a La Spera.

QUANTERBA Siamo tutti i cani di guardia de La Spera, e dovremmo allora sgozzarci l'un l'altro, tutti quanti.

PAPÌA Sì, ma quando gli altri non ci sono, parte alla pesca e parte a zappare, lui è sempre qua accanto a lei.

CROCCO Se non ci fosse, sarebbe lo stesso. Hai potuto pensare di prenderla per forza di nascosto?

29

PAPÌA Tu no, forse?

CROCCO E va' allora: è là! Pigliatela, se hai coraggio!

TRENTUNO Ecco, sì: dài, dài l'esempio!

PAPÌA Me lo dite per ridere...

TRENTUNO No: ti teniamo mano: va'!

QUANTERBA È pure stata di tutti!

CROCCO Per quattro soldi; e nessuno prima la voleva; ora –

QUANTERBA – è diventata per tutti la regina!

TRENTUNO La regina e la santa!

PAPÌA Col suo bambino –

CROCCO – e il suo re!

TRENTUNO Vorresti essere tu, il re, di' la verità?

QUANTERBA Questo gli cuoce!

CROCCO Re perché ha lei; e perché noi tutti, carogne, siamo qua a dipenderne come tanti cani spasimanti, che ci faccia la grazia anche di farsi vedere –

QUANTERBA – bella come s'è fatta, così tutta naturale –

CROCCO – e con l'aria di non essere niente e di servirci tutti. Ah, questa storia deve finire, deve finire!

PAPÌA (*con rabbia*) O lei per tutti, o ciascuno qua deve avere la sua.

TRENTUNO Sì, fischia che vengono! Lei è qua perché c'è voluta venire. Vai a persuadere le altre ad adattarsi a vivere come stiamo vivendo noi!

PAPÌA Vuol dire che non è possibile neanche per noi seguitare a vivere così!

QUANTERBA Ah, come voi due, no di certo! Non so proprio che siate venuti a farci così, con l'anima spenta!

CROCCO Io, spenta? Voi che vi siete acconciati...

QUANTERBA Dico, per quest'impresa!

TRENTUNO Quando sta a noi, lavorando, mutare le condizioni!

PAPÌA Questo lo dice Currao!

CROCCO Eh, lui per sé l'ha già bell'e mutate! Pare invasato. Non tocca terra.

PAPÌA E quell'altro, Fillicò, l'avete veduto? Ci crede sul serio oh, che è del Consiglio. Tronfio come un tacchino.

TRENTUNO Mi fa ridere Tobba, intanto: «Non so come ci possano stare in città con quel po' di cielo che si vede nello stretto dei vicoli, mentre qua – dice – te lo puoi bevere tutto fino a inebriarti, abbandonato fra l'erba al silenzio» – Gli basta il cielo, a lui, per parlare con Dio.

Entra Dorò con una cartata di more in mano.

DORÒ Uh, radunanza qua?

CROCCO Hai colto le more per la regina?

DORÒ Ci hai da ridire?

CROCCO Tu entri come fossi il padrone.

DORÒ Dovrei chiederne il permesso a te?

CROCCO A me, sì!

Con una manata da sotto in su gli butta all'aria la cartata di more.

E impara a rispondere!

DORÒ (*senza scomporsi, guardando prima in aria e poi in terra le more*) Oh tanto, sai, erano cattive.

QUANTERBA Non lo trattare così, se sei davvero tanto pentito d'esser venuto: la liberazione ci verrà da lui, quando suo padre verrà a prenderselo con le paranze –

DORÒ – non verrà –

QUANTERBA – portandosi appresso le guardie di dogana per farci sgomberare.

DORÒ Già lo sa mio padre, che sono qua.

QUANTERBA Ah lo sa?

DORÒ E mi ci lascia, ha detto, per punizione. L'ha detto a Tobba, quand'è andato a terra a parlare col delegato.

Contento, battendo le mani:

Si resta qua! si resta qua!

QUANTERBA Il delegato ha detto a Tobba...?

DORÒ Sì! sì! che ci lasciano stare qua!

31

QUANTERBA Non è possibile!

TRENTUNO Tobba ce l'avrebbe detto.

DORÒ Lo dirà forse stasera, alla seduta del primo tribunale.

Capisci? il permesso d'entrare non l'ho chiesto a te, perché non è ancora deciso se dovevo chiederlo a te o a lui

Lo deciderà stasera il tribunale.

CROCCO (*indicando i mobili e gli oggetti ammonticchiati a sinistra*) Questa, intanto, è roba mia!

PAPÌA (*indicando, a sua volta, a destra*) E questa è mia!

CROCCO (*minaccioso*) Tu stasera la sgomberi, sai!

PAPÌA Si vedrà: o tu la tua, o io la mia.

DORÒ Bella testimonianza, da una parte e dall'altra, della vostra «vita nuova»! Appena sbarcati, come tante jene a frugare tra le macerie delle case diroccate!

PAPÌA Noi soli? Tutti.

DORÒ Eh, lo so: un bel principio!

PAPÌA Non avevamo nulla per ripararci, neppure per buttarci a dormire: ci siamo dati attorno.

DORÒ Ognuno col suo posto in mente da occupare – PAPÌA – appunto: io, questo: e corsi subito a occuparlo per il primo.

CROCCO Ci avevo pensato prima io!

PAPÌA Pròvalo!

CROCCO Tant'è vero che, appena ti vidi, ti strappai fuori, gridandoti: «Vàttene, qua è mio!»

TRENTUNO Sarà un bel fatto provare chi ci aveva pensato prima!

CROCCO Chi aveva più ragioni di pensarci!

PAPÌA Sta bene: tu dirai le tue; io le mie.

QUANTERBA E non sarebbe meglio che vi metteste insieme, come abbiamo fatto io e Trentuno?

CROCCO Insieme con lui? Non lo vorrei nemmeno per compagno di processione!

PAPÌA E figùrati io!

TRENTUNO È avvenuto anche a noi due lo stesso caso: d'aver pensato allo stesso posto da occupare. Invece di litigare, ci siamo messi insieme, d'accordo.

QUANTERBA E abbiamo già finito d'accomodare la casa, e ci diamo tra noi ajuto e compagnia.

CROCCO Io ero stato qua all'isola prima di lui!

PAPÌA Che conta l'anzianità?

CROCCO Conta che ho conosciuto questo posto prima di te!

PAPÌA Ma non è diritto! Anche ammesso che tu avessi più ragioni di me, di pensarci; se poi non ci hai pensato e sono corso io, prima, a mettere qua il piede e a dire: «è mio»?

CROCCO Ah, bello il piede! E allora il primo sbarcato, posando il piede, poteva dire che tutta l'isola era sua; e gli altri, a mare? – Ti dico che tu sgombrerai stasera; con la ragione, se vale; o se no, con la forza.

DORÒ Lo dissi io che, venendo tu, sarebbe entrato il diavolo!

CROCCO Eh, caro, che vuoi? Zavorra. Ho fatto da contrappeso. Tu eri l'angelo!

DORÒ Dovresti fare come Burrania, tu, che se n'è scappato fin dal primo giorno a viver solo. Non puoi stare con nessuno!

TRENTUNO Già, Burrania; chi l'ha più visto?

DORO Io. Sono andato a vederlo da lontano, senza farmi scorgere. È sulla spiaggia, dall'altra parte. Pareva un pazzo! Parla col mare.

QUANTERBA Parla col mare?

CROCCO Meglio che parlare con voi!

CIMINUDÙ Un po' di carità, santo Dio! A ogni parola che dite un po' forte, mi sento spaccare la testa.

CROCCO L'ho avuta, mi pare, la carità, e séguito ad averla, tenendoti qua perché sei malato.

PAPÌA Ah, tu ce lo tieni?

CROCCO Io, sì. E lasciando di là La Spera perché ha il bambino.

QUANTERBA Oh guarda! Perché ha il bambino.

TRENTUNO Se non l'avesse, non ce la terresti?

CROCCO Faremo anche questo discorso, non dubitate.

> *Entra a questo punto dall'uscio a sinistra La Spera. È come trasfigurata.*

PAPÌA (*a La Spera*) Sèntilo, sèntilo che ora parla di carità: lui!

TRENTUNO Che vi tiene qua per carità, dice –

QUANTERBA –lui

indica Ciminudù

perché è malato –

TRENTUNO – e te, perché hai di là il bambino!

LA SPERA (*con la più dolce e umile semplicità*) Se crede davvero che qua sia suo...

CROCCO (*subito, aggressivo*) *È* – non credo – *è* mio!

LA SPERA (*c. s.*) Tanto meglio. Dunque, vera carità.

PAPÌA Parli come se non lo conoscessi!

LA SPERA Tutti, d'ora in poi, dovremmo parlarci così...

PAPÌA (*stupito e derisorio*) Come se non ci conoscessimo?

LA SPERA Eh, se fosse vero che, venendo qua e cambiando vita, a uno a uno dovevamo diventare altri da quelli che eravamo...

PAPÌA Ma non vedi che è lui? che vuol darsi lui a conoscere per quello ch'è sempre stato?

CROCCO Un prepotente, è vero?

PAPÌA Sì; e un falso.

CROCCO Anche falso?

PAPÌA Falso, falso, sì: perché mentre stai facendo a me una soperchieria –

CROCCO – io? –

PAPÌA – tu, tu, sì – vuoi dare a intendere che fai la carità – a lei, e a quello lì. E anche il motivo di questa tua falsità ho indovinato, sai: dici che è tua carità per non riconoscere che sono stato io a proporre che loro due stessero qua fino a tanto che non si sarà deciso se dev'essere tua o mia questa casa e la terra.

CROCCO Tu? Tu l'hai proposto per paura che, senza di loro due, ma sai i salti che t'avrei fatto fare a quest'ora!

Quanterba, Trentuno e Dorò ridono.

PAPÌA Sarà. E infatti, io non mi sto vantando di fare la carità a nessuno.

CROCCO (*a La Spera, con altro tono, come per sentirne il parere*) Parla tu, parla tu! A ogni parola che mi dicono gli altri, mi sento drizzare qua dentro si picchia il petto

una vipera! Parla!

LA SPERA (*dolente*) E che vuoi che dica io?

CROCCO Che faresti, se fossi al mio posto?

LA SPERA Metterei a lui, così, una mano sul petto e gli direi: «Vuoi stare qua? Stacci!»

CROCCO Bella, sì! Per dargliela vinta!

LA SPERA Così parrebbe di vincere a me.

CROCCO Eh già! Perché a te non costa nulla.

LA SPERA Dicevo per te (lo so che a me non costa nulla): che mi parrebbe di vincere così, se fossi in te.

CROCCO Rinunziando al mio diritto?

LA SPERA Sì. E proprio se credi che il tuo diritto di stare qua sia più forte del suo.

PAPÌA Non è vero! Non lo crede!

CROCCO Lo credo!

PAPÌA Tu vuoi fare una prepotenza: l'hai detto!

CROCCO Cane! Me l'hai fatto dire tu!

Rivolgendosi a La Spera:

Quando ho visto che gli altri si mettevano di mezzo tra me e lui, e lui si rimetteva subito agli altri per farmi restar solo, capisci? –

A Papìa

Perché ti sei rimesso agli altri tu?

PAPÌA Oh bella! Perché sono sicuro che mi daranno ragione.

CROCCO No! Per ingraziarteli, e averli dalla tua! Se ne fossi sicuro, come ne sono sicuro io, non avresti bisogno che te lo riconoscessero gli altri, il tuo diritto.

LA SPERA Già. Ma se tu glielo neghi, come lui lo nega a te? Bisogna pure rimettersi agli altri che vedano e decidano chi di voi due ha ragione.

PAPÌA E GLI ALTRI Ecco, ecco – benissimo! – È così chiaro!

CROCCO E chi lo dà agli altri codesto diritto di decidere?

35

LA SPERA La tua stessa ragione, se è giusta.

CROCCO Grazie. Lo so da me che è giusta. Non ho bisogno che me lo dicano gli altri.

LA SPERA No. Tu puoi sapere che è la tua ragione, e basta.

QUANTERBA Se sia giusta lo potranno vedere solamente gli altri.

TRENTUNO Ecco, sì – dopo averla pesata con quella di lui.

PAPÌA Parte in causa come me: non puoi giudicare.

CROCCO E gli altri sì, possono? pesando? e come pesano? Il peso della mia ragione è quello che le do io; e per me è tutto.

LA SPERA Già. Ma anche per lui, tutto. E allora?

CROCCO E allora, gli altri, o leveranno peso alla mia ragione per darlo a quella di lui, o a quella di lui per darlo alla mia. Ecco la giustizia che faranno!

LA SPERA Perché tu dici che la tua ragione è tutto. Non può essere. Se ci fossi tu solo! Tu, tutto; lui, tutto. Ti pare che possa stare? Nessuno di noi può esser tutto, se poi ci sono gli altri. Vedi? ho capito questo io. E ho capito anche, allora, che c'è un modo, sì, d'esser tutto per tutti; e sai qual è? quello di non essere più niente per noi. Ecco perché ti dicevo: mèttigli una mano sul petto e digli: «Tu vuoi stare qua? e stacci!» – Stringi le mani per prendere, prendi poco, sempre; se le apri per dare e accogli tutti in te, prendi tutto, e la vita di tutti diventa la tua.

Nella stanza s'è fatta un'ombra strana, violacea, mentre fuori, nel paesaggio in fondo, incombe una cupa vampa di crepuscolo, sotto alla quale risalta più che mai, come smaltato, il verde fresco e nuovo dell'isola. Tra il rosso di quella vampa, entro al violaceo di quest'ombra vengono a diffondere un giallo riverbero due rozze lanterne di pescatori sorrette da Filaccione e dal Riccio, che precedono Currao, Tobba e Fillicò. Vengono dietro Bacchi-Bacchi e Osso-di-Seppia.

FILACCIONE Passo al primo Tribunale!

IL RICCIO E al Consiglio dei Nuovi Coloni!

TOBBA Ma no: senza stare in parata, così alla buona...

CURRAO (*imperioso*) No: in parata, anzi, in parata! Ora tu qua non sei più tu come tu: devi essere il Giudice!

TRENTUNO E mettetegli allora il tocco e la toga!

CURRAO L'avrà, se sapremo diventare ciò che dobbiamo essere!

QUANTERBA (*a Tobba*) Oh! è vero che sei andato a parlamentare a terra perché ci lascino qua?

CURRAO È vero! è vero! E sentirete ora a quali condizioni!

QUANTERBA Siamo già sotto la dipendenza?

CROCCO (*con scherno*) La colonia dei liberi coatti!

TRENTUNO Chi s'è assunta la responsabilità?

CURRAO Silenzio! V'ho detto che sentirete le condizioni! Per ora deve sedere il Tribunale!

OSSO-DI-SEPPIA Subito subito, tre sedie e un tavolino!

E si volta con Bacchi-Bacchi per prenderli dalle masserizie ammonticchiate a sinistra.

CROCCO (*fosco, prevenendoli*) Alto là! Nessuno s'attenti a toccare la mia roba!

PAPÌA Non importa! Lasciate, lasciate! Prendete di là!

indica a destra

Do io le sedie e il tavolino!

CROCCO (*a La Spera*) Ecco, vedi com'è? Tu che dici la Giustizia...

FILLICÒ Temi che gliela daremo vinta perché ci avrà dato da sedere?

CROCCO No.

A La Spera

Perché impari a tener conto anche della sorte.

A Osso-di-Seppia e Bacchi-Bacchi

Potevate voltarvi a prendere le sedie dalla parte di lui

indica Papìa;

avrei gridato io allora: «Prendetele qua da me», e dato io da sedere, e non lui. – Ma non c'è bisogno che segga il Tribunale. Ecco.

A La Spera

Farò com'hai detto.

A Papìa

Vieni qua.

PAPÌA (*incerto, appressandoglisi*) Che vuoi?

CROCCO Vieni qua!

Passandogli le mani sul petto:

Vuoi stare qua? Stacci. Ti lascio tutto, e me ne vado.

CURRAO Dove te ne vai?

CROCCO Dove volete.

PAPÌA Mi lasci la terra e la casa?

CROCCO E anche la roba là. Tutto.

FILLICÒ Non vuoi più niente?

CROCCO Niente.

PAPÌA Ah, dunque t'arrendi?

LA SPERA Ma no! Non hai inteso? T'ha domandato se volevi stare qua e t'ha detto di starci. Lui se ne va. Non vuol niente.

CROCCO Sono di chi mi vuole.

A tanta inopinata remissività restano tutti incerti e sospesi a guardarlo e a guardarsi tra loro.

Crocco ha un lieve e amaro sorriso di sdegno e si rivolge a La Spera.

Vedi? Non mi vuole nessuno.

TOBBA Perché nessuno crede che tu dia veramente per non aver nulla.

CROCCO Nulla. Come ve lo devo dire? Stabilite dove volete che vada e ci andrò; che cosa volete che faccia e la farò. Pronto a tutto, come saprò, il meglio possibile. Chi vuole ajuto, glielo presterò. Riparare, accomodare.

A Papìa

Ecco: tirar su quel muro per te. O se mi volete alla terra, a zappare; o se mi volete alla pesca. Dovunque.

CURRAO (*avanzandosi e guardandolo fisso*) Per arrivare a che cosa?

CROCCO (*sostenendo con viso fermo lo sguardo*) Se me lo domandi, vuol dire che lo sai.

CURRAO (*pronto)* Lo so.

Poi, con altro tono:

Ti pare facile?

CROCCO No. Facile è per te, mantenerti al tuo posto. Che ti costa? Hai lei

indica La Spera.

Sei il capo, e comandi.

CURRAO Io comando?

CROCCO Siamo qua tutti i tuoi servi!

CURRAO Chi di voi lo può dire? Sono stato io, finora, il servo di tutti. Il primo a dare, l'ultimo a ricevere.

TRENTUNO Quest'è vero!

ALTRI È vero! è vero!

CURRAO Siamo venuti qua per farci una vita nostra.

CROCCO Sì: ognuno la sua, senza sottostare a nessuno.

CURRAO E a chi sottostai tu?

CROCCO O non volevate far qua, or ora, il tribunale? Io ero venuto per non stare più sotto la legge –

CURRAO (*subito, pronto*) – degli altri: sì. Perché tu e quanti siamo qua ce n'eravamo messi fuori, di quella legge; e sentivamo che ce ne veniva da fuori il comando, come un sopruso. Ma ora qua non c'è più la legge degli altri. C'è la tua.

CROCCO La mia?

CURRAO Quella che ti devi fare tu stesso.

CROCCO Io non me ne voglio fare nessuna.

CURRAO Te la devi fare per forza. Chiamala come vuoi, se non la vuoi chiamar legge –

TOBBA (*con forza*) – ma è legge! –

CURRAO – che valga per te e per tutti allo stesso modo: legge tua e nostra, che ce la comandiamo noi stessi, perché l'abbiamo riconosciuta giusta; come la necessità ce l'ha insegnata: del lavoro che dobbiamo fare, tutti, ciascuno il suo, per darci ajuto a vicenda: tu questo, io quello, secondo le forze e la capacità. Non te l'impone nessuno. Tu stesso. Perché possa ricevere, in cambio di quello che dài.

CROCCO Non voglio più nulla io: ve l'ho detto.

TOBBA E allora vàttene, come se n'è andato Burrania, a vivere da solo!

FILLICÒ Se vuoi stare con noi, devi volere d'accordo con noi.

CURRAO Credi di poter bastare a te stesso?

CROCCO Ma mi sai dire che sei tu da più di me?

CURRAO Niente, se tu riesci a fare quello che faccio io.

CROCCO Io sono più forte di te.

CURRAO Questo è ancora da vedere. Ma, ammesso, vorresti vincermi con la forza? Se hai torto, e io sono qua con tutti, e tutti sono con me, che ti vale essere più forte? Tutti uniti, ti vinciamo.

CROCCO Io dico da solo a solo.

CURRAO M'abbatti? Dovrai sempre temere la mia vendetta. Per essere sicuro, uccidermi.

FILLICÒ E allora ti vendicheremmo noi, uccidendo lui.

TOBBA Perché non possiamo ammettere che la nostra vita sia alla mercé di uno che ce la voglia togliere.

LA SPERA Tutto questo è giusto, non lo riconosci?

CROCCO No. Perché così è sempre la forza di tutti contro uno solo.

CURRAO (*a La Spera*) Lascia che parli io. Io lo so cos'è. È che io ho te. È tutto qui.

A Crocco

La vorresti tu, è vero? Come? Con la forza?

CROCCO Non dico questo.

CURRAO E che dici allora? Non hai parlato d'altra ragione fuori di questa, che sei il più forte.

CROCCO Io ho detto che per te è facile.

CURRAO Sì: perché ho lei, è vero? Ma io che l'ho, guarda che faccio; e dimmi se è facile. Lascio che badi a tutti, anche a te; tenga per tutti acceso il fuoco, anche per te; e curi là quel malato; so che non ripara, poverina, a servir tutti; le voglio bene; potrei pretendere che badasse a me solo.

CROCCO E che ne sai tu, se non farei anch'io lo stesso, se fosse mia?

CURRAO Tu? La daresti? Se intanto la vuoi togliere a me? Tu vuoi dare per avere. Tu vuoi il premio: lei. – E dice che non vuol nulla!

Tutti, tranne La Spera, ridono di Crocco.

OSSO-DI-SEPPIA (*dileggiando*) Pìgliatela, se sei buono!

IL RICCIO Eccola là!

FILACCIONE Allunga la mano!

TRENTUNO Ci vuole così poco!

LA SPERA (*con altero sdegno*) Finitela! Non posso sopportare che lo disprezziate!

CURRAO Tu lo difendi?

LA SPERA Difendo me, perché mi sento disprezzata anch'io, se tu lo vuoi persuadere così: che io sia un premio da dare al più forte o a chi dà per avermi. Come se io per me stessa non potessi provar piacere a essere qua per tutti, come sono!

CROCCO E come se lui – devi dire – non désse anche per avere qualche cosa.

A Currao

Sì! Tu lasci che lei badi qua a tutti per avere da noi rispetto e considerazione!

LA SPERA (*a Currao*) D'un altro modo tu devi persuaderlo: che io posso essere di tutti, soltanto come sono ora, perché sono tua – di uno – di chi voglio io. Mentre com'ero prima di tutti, non ero di nessuno, neanche mia!

A questo punto Bacchi-Bacchi che guarda dal fondo verso l'isola, si mette a gridare:

BACCHI-BACCHI O oh! Guardate! guardate! Chi corre laggiù? Guardate!

OSSO-DI-SEPPIA Burrania! Burrania che ritorna! Burrania!

TRENTUNO Sì sì, è lui! è lui!

QUANTERBA Corre come un dannato!

FILLICÒ (*a Crocco*) Lo vedi? Se n'era andato perché la pensava come te; eccolo che ritorna dopo nove giorni.

PAPÌA Eccolo! eccolo!

FILACCIONE Pare impazzito!

DORO (*agitando le braccia*) Annaspa con le mani! Così! così!

QUANTERBA, TRENTUNO, OSSO-DI-SEPPIA Burrania! Burrania! Burrania!

Si precipita dal fondo Burrania, sconvolto, sbiancato in viso, con occhi da pazzo.

BURRANIA Cala! l'isola! l'isola cala, cala nel mare!

ALCUNI Che? – Ma no! – Come? – Che dici? – Cala? – L'isola? – Nel mare?

BURRANIA L'ho vista io! L'ho vista io! Sì. Cala! Cala!

ALTRI Ma no! – Che hai visto? – Sei pazzo?

BURRANIA L'ho vista calare, vi dico! Ho sentito, sentito, che cala! E un fragore, un fragore grande ho sentito, come se tutto il mare friggesse! Sì! sì!

CURRAO Ma dove? ma quando? Nessuno ha udito nulla!

BURRANIA Sì! Di là! E ho visto nero! E tremare, tremare tutto! Ma questa luce, guardate!

indica fuori

Questa luce!

TOBBA È il fuoco del tramonto!

BURRANIA No, no! Venite a vedere: affondiamo nel mare! Si sta ingoiando l'isola il mare! Alla spiaggia! Alla spiaggia!

Tutti – tranne La Spera e Crocco – presi dal panico, pur gridando: «Noo! Nooo!» escono all'aperto e s'allontanano verso la spiaggia tra rumori e voci confuse.

CIMINUDÙ (*levandosi, atterrito, e cercando di correre dietro gli altri*) Non mi lasciate solo, ah Dio, non mi lasciate qua solo!

Fugge anche lui.

LA SPERA Il mio bambino! il mio bambino!

CROCCO Ecco, te lo prendo io!

LA SPERA No, lascia! Vado io!

CROCCO (*trattenendola*) Ma non senti che non si muove nulla? È il delirio di quel pazzo affamato! Vieni, vieni, sì, prendiamo il bambino!

E fa per introdursi con La Spera nella stanza accanto.

LA SPERA (*subito trattenendosi*) No: che vuoi tu?

CROCCO (*afferrandola*) Te, voglio, te! Sì –

LA SPERA (*divincolandosi*) – làsciami! –

CROCCO – devi essere mia! –

LA SPERA – làsciami, ti dico! –

CROCCO – no! mia! mia! –

LA SPERA – piuttosto morta, che tua! Bada che mi metto a gridare! –

CROCCO – Non mi scappi, no! A qualunque costo! Vieni! vieni qua dentro!

LA SPERA Non voglio! No! Làsciami! Non voglio!

CROCCO Ma perché no? Se t'ho avuta! t'ho avuta!

LA SPERA Làsciami, sai! Làsciami! Grido!

Compare dal fondo Dorò che, dopo la prima sorpresa, si scaglia in difesa de La Spera.

DORÒ Ah, infame! Lasciala! lasciala!

CROCCO (*lasciando La Spera e rivoltandosi contro Dorò*) Tu, cane! sempre tu! Ma ti levo io di mezzo!

Lo afferra alla gola.

LA SPERA (*lanciandosi per trattenerlo*) No! Non lo toccare! Non lo toccare!

Viene, prossima, da fuori una grande risata tra grida scomposte, di beffa. Crocco lascia Dorò, freddato da queste grida nel suo furore; resta un attimo perplesso; poi guarda Dorò e La Spera e grida minaccioso:

CROCCO Aspettatemi! Aspettatemi! Mi rivedrete! Scompare dal fondo.

LA SPERA (*a Dorò, materna*) Che t'ha fatto? che t'ha fatto?

DORÒ Nulla, nulla! Voglio vedere dove se ne scappa!

LA SPERA (*trattenendolo*) No, sta' qua; e non dir nulla, bada!

Si ricompone.

DORÒ Pezzo da galera! Con la violenza! Quando si nasce cattivi!

LA SPERA Non si nasce cattivi, Dorò! È che non trova – si sforza e non trova più il modo d'esser buono con nessuno! E nessuno l'ajuta a farglielo trovare!

Piange.

DORÒ Ma anche con te... non hai visto? –

Sorpreso:

Tu piangi?

LA SPERA (*asciugandosi gli occhi con le mani*) Non hanno saputo parlargli...

Rientrano, ancora ridendo e beffeggiando Burrania, Filaccione, Bacchi-Bacchi, Osso-di-Seppia, Quanterba, Currao, Tobba, Fillicò e il Riccio che sostiene Ciminudù: tutti, insomma, tranne Trentuno.

FILACCIONE È la fame! è la fame!

BACCHI-BACCHI Tutta pazzia che gli era entrata nel capo!

OSSO-DI-SEPPIA (*sghignazzando*) La vedeva calare! la vedeva calare!

QUANTERBA E di', di': anche la Luna calava?

CURRAO (*a La Spera*) Dàgli, dàgli un po' da mangiare!

FILLICÒ E stai qua con noi, che ti passerà tutto!

TOBBA L'isola non affonderà, finché ci staremo senza peccare.

PAPÌA Qua, allora, è stabilito oh: questa casa e la terra restano a me?

CURRAO (*guardandosi attorno*) E dov'è Crocco?

FILLICÒ Era qua! Fuori, con noi, non è venuto.

LA SPERA Se n'è andato.

QUANTERBA Sì, l'ho visto io, che correva verso la spiaggia.

LA SPERA Non l'avete voluto; se n'è andato. Potevate approfittare del suo primo atto di remissione.

CURRAO Ma non hai capito perché lo faceva?

FILLICÒ L'abbiamo capito tutti così bene!

LA SPERA Per me, lo faceva.

A Currao

Avresti dovuto dirgli –

CURRAO (*subito, seccato*) sì, va bene, quel che gli dicesti tu!

LA SPERA Lo lasciasti dire a me; e allora gli parve – com'era vero – ch'io lo dicessi, non più per lui, ma contro di te; e appena siete andati via tutti –

CURRAO – che ha fatto? –

DORÒ – niente! sono accorso io, a tempo! –

CURRAO – t'ha aggredito? Ah, perdio, dov'è?

LA SPERA Lascia! È scappato.

CURRAO Tu séguiti a difenderlo?

LA SPERA No: a difendermi, se tu sei così. Anche da te – come mi sono difesa da lui. Non temere.

QUANTERBA Torna uno e se ne scappa un altro! Oh quest'è bella!

FILACCIONE Tornerà anche lui, state sicuri. Soli non si può stare.

CURRAO E ancora qua c'è tanto da fare! Siamo al primo principio; tutto dipende da noi; pensate, pensate quant'è bello questo: che la nostra vita qua ce la facciamo noi, con niente, con quello che c'è; la facciamo sorgere noi, di pianta; e sarà, come saremo capaci di farcela. La terra è già tutta verde!

BACCHI-BACCHI (*con ironia non maligna*) Sì sì, e l'aria è buona...

PAPÌA Senza vino –

OSSO-DI-SEPPIA – senza femmine –

QUANTERBA – alzarsi per tempo e andare a dormire all'ora delle galline –

FILACCIONE – quanto a salute, ne avremo da vendere!

TOBBA Ma non pensate a nulla! Cercate di fare! Date ascolto a me, che non ho pensato mai. – C'è la terra da zappare? zappate; da seminare? seminate; gettare, tirare la rete? gettate, tirate! Fare, fare. Fare per fare, senza vedere neppure quello che fate, perché lo fate. E la giornata è passata

posando le mani sul petto a Quanterba

e non te ne sei accorto nemmeno. Stanco, ti butti a dormire; guardi le stelle e ti pare che dal cielo ti ridano, come se fossi un bambino.

OSSO-DI-SEPPIA (*con un rammarico che faccia ridere*) Sì, ma un bicchiere di vino, per Cristo!

BACCHI-BACCHI (*c. s.*) E quando una donna ti guarda...

CURRAO Ripianteremo le viti, appena si potrà! E sta a noi che qua ognuno possa anche avere la sua donna.

Ciminudù, che sta un po' dietro, a questo punto, si sente mancare; sbiancato in viso come un cadavere, si piega sui ginocchi; sta per cadere; è sorretto.

BURRANIA (*sorreggendolo*) Ciminudù! Ciminudù!

IL RICCIO (*sorreggendolo anche lui*) Oh Dio, casca!

ALCUNI (*voltandosi*) – Che è? che è? – Ciminudù? – Si sente male?

LA SPERA (*accorrendo*) Subito adagiamolo – sostenételo! – adagiamolo, adagiamolo qua!

DORÒ Dio, come è pallido!

ALTRI (*sgomenti, a bassa voce*) È morto! È morto!

LA SPERA No, no – il polso gli batte ancora –

QUANTERBA (*toccandogli la fronte*) – è già freddo! –

LA SPERA Dorò, là

indica la sua stanza

– pezze – pezze calde – di lana – sul cuore – corri – il mio scialletto, il mio scialletto; è sul bambìno.

Dorò via di corsa. E intanto da fuori la voce di Trentuno.

LA VOCE DI TRENTUNO Oh oh! Ajuto! Ajuto! Correte! correte!

ALCUNI – Che cos'è? – Un'altra, adesso! – Trentuno? – Grida ajuto!

LA SPERA Zitti! Zitti!

LA VOCE DI TRENTUNO (*più vicina, affannata*) La barca! La barca! Correte! Ajuto! ajuto!

ALTRI – La barca? – Ma che grida? –

Agitazione in tutti.

LA SPERA Zitti! Questo poverino muore!

TRENTUNO (*sopravvenendo, sconvolto*) Crocco ha staccato la barca! Ce l'ha rubata! Se n'è fuggito! Siamo perduti!

CURRAO (*accorrendo verso il fondo con altri*) La barca?

ALCUNI Ah ladro infame! – Assassino! – E come si fa, ora? – Tagliati fuori!

TRENTUNO Eccolo là, guardate! Si vede là! dove batte la Luna!

ALTRI Sì, sì! – Eccolo là! – Issa la vela! – La vela nuova!

PAPÌA S'è vendicato!

QUANTERBA Non potremo più andare a terra!

FILLICÒ Non si doveva portarlo con noi! Tante volte l'ho detto!

ALCUNI Come si fa? – Come si fa? – Tagliati fuori!

OSSO-DI-SEPPIA Ora è il bello! Ora è il bello!

CURRAO (*ritornando con Trentuno verso Tobba che sta presso Ciminudù e non s'è mosso*) La barca, senti, Tobba? La tua barca!

TRENTUNO (*vedendo ora Ciminudù per terra, e restando*) Ma che cos'è? Oh! È morto?

LA SPERA (*china sul moribondo*) No, no...

A Dorò che sopravviene con lo scialletto involto:

Da' qua, da' qua, subito, ecco, così, sul cuore... Scostatevi un poco, per carità...

TRENTUNO (*scostandosi con gli altri*) Pare morto... Così, tutt'a un tratto... Ma com'è stato?

QUANTERBA Era corso fuori anche lui; ritornato, stava a sentire; gli si sono piegate le ginocchia.

FILLICÒ Quell'infame là!

Indica fuori, alludendo a Crocco.

TORBA Lasciatelo perdere!

CURRAO Ma come faremo senza più barca?

TOBBA Come? Ne faremo senza.

FILLICÒ Per te è tutto facile! Non si potrà più andare nemmeno a pescare!

TOBBA Si potrà, si potrà.

QUANTERBA Sì, e come?

TOBBA (*accennando al moribondo, perché tutti parlino piano*) C'è funi, legname: faremo zàttere.

FILLICÒ Ma per le provviste? Qua non s'accostano navi!

TOBBA Provviste ancora ce n'è. Il pane non mancherà.

CURRAO Ma sì; forse meglio così: l'ajuto – solo dalle nostre braccia.

TOBBA E da Dio.

LA SPERA (*dopo un silenzio, alzando il capo a guardarli, dirà piano*) È morto.

Tutti si chineranno a guardare, scoprendosi; qualcuno s'inginocchierà.

TELA

ATTO SECONDO

Una prominenza rocciosa dell'isola. V'è tracciata una via che, sul davanti, sale da destra a sinistra; e da qui poi, girando, ridiscende in più ripido pendìo alla spiaggia sottostante. Mare e cielo, sconfinati, di là dalla roccia. Sul davanti, a sinistra, gli avanzi d'una casa addossata alla roccia dove la prominenza è più alta. Il tetto è squarciato e riparato alla meglio; la porta verde aperta, staccata da uno dei cardini, appare ancora scontorta dal disastro.

Al levarsi della tela si ode da destra un frastuono di voci confuse, concitate. Subito dopo salgono gesticolanti per la via e corrono a guardare dall'alto verso il mare: Currao, Tobba, Fillicò, Quanterba, Trentuno e Papìa, seguìti da La Spera col bambino avvolto sotto lo scialle.

CURRAO Paranze della nostra cala, sì, guàrdale: quattro: di qua si vedono bene!

QUANTERBA Ma forse sbandate... Col vento di stanotte!

PAPÌA No, no: quest'è lui, Crocco: la sua vendetta!

FILLICÒ Vendetta? Lascialo sbarcare!

TRENTUNO Non sbarcheranno, com'è vero Dio!

CURRAO (*a Trentuno*) Va', va', chiama tutti a raccolta! Di qua, con le pietre; e giù dalla spiaggia con pertiche, travi; corri, corri!

Trentuno, via di corsa per la destra.

TOBBA Quattro ciurme, ragazzi! Non sarà facile.

CURRAO Loro sono sul mare, e noi qua da terra!

TOBBA E se sono armati?

CURRAO Le pietre!

A Quanterba e Fillicò

Le pietre!

PAPÌA (*correndo giù a prenderne con gli altri due, davanti alla casa*) Sì, sì, le pietre! le pietre!

CURRAO Prendete le più grosse!

PAPÌA (*sollevandone una con ambo le mani*) Ecco, di queste!

CURRAO Bravo, sì! Prendete!

FILLICÒ Li fracasseremo!

CURRAO Portàtene su quante più potete! Ma ce n'è anche qua!

Ai tre che risalgono

Le scaglierete da quassù con tutta la forza!

TOBBA (*guardando nel mare verso destra*) Sono qua, sono qua! Quanta gente a bordo!

CURRAO Ci difenderemo sino all'ultimo sangue!

PAPÌA Non la deve aver vinta, perdio!

FILLICÒ Ma i nostri, i nostri? Se tardano ancora, non arriveranno a tempo!

QUANTERBA (*guardando verso destra*) Eccoli, eccoli, vengono!

Gridando e facendo cenni con le mani:

Qua, qua! Correte, correte! Ciascuno si provveda alla meglio di qualche cosa.

CURRAO (*scorgendo La Spera*) Che vuoi? Che sei venuta a fare, tu qua, col bambino? Via! Via!

LA SPERA Lasciami stare con te.

CURRAO Non voglio! Possono essere armati, non hai sentito?

QUANTERBA (*a Papìa, guardando verso il mare*) Si vede – guarda – del rosso! Come se volessero issare bandiere!

TOBBA (*a La Spera*) Col bambino non è prudente: va', va'!

PAPÌA (*a Quanterba*) Ma no, che bandiere! Io vedo anche del giallo, là sulla seconda paranza.

LA SPERA Che volete fare, se sono in tanti?

CURRAO Ora lo vedrai!

LA SPERA Come impedirete?

CURRAO Lo vedrai! Lo vedrai!

LA SPERA Se non potranno qua, andranno a sbarcare altrove.

CURRAO Per adesso sono qua!

QUANTERBA Lo sa bene Crocco ch'è questo il miglior posto di sbarco!

LA SPERA Con qual diritto poi?

CURRAO (*adirandosi*) Chi, loro o noi?

LA SPERA Non siamo mica noi i padroni dell'isola!

CURRAO Noi, sì, siamo noi ora!

TOBBA Da sé, non ci sarebbero mai venuti!

CURRAO Il coraggio di venire l'hanno preso dal rischio che abbiamo affrontato noi, e che l'ha fatta nostra, l'isola, ora!

FILLICÒ Non ce la lasceremo strappare!

Sopravviene da destra giubilante Dorò.

DORÒ Giù, giù quelle pietre!

LA SPERA Ah! Sono le paranze di tuo padre?

DORÒ Sì, sì, l'ho riconosciute! Forse viene a prendermi!

FILLICÒ Con quattro paranze viene a prenderti!

QUANTERBA Come un figlio di re!

DORÒ Forse recherà doni...

Sopravviene da destra Trentuno armato d'una robusta pertica.

TRENTUNO Che doni vai dicendo! Crocco è nella prima; l'ho visto io con questi occhi!

Sopravviene, armato anche lui di pertica, Filaccione.

FILACCIONE Sì, sì, che istiga tutti e insegna dov'è più facile l'approdo!

Sopravvengono, anch'essi armati, il Riccio, Bacchi-Bacchi, Osso-di-Seppia e Burrania.

PAPÌA Bisogna scannarlo! Miserabile!

CURRAO Giù, giù, vojaltri con le pertiche! Ma non tutti!

A Burrania

Da' questa a me

gli leva la pertica

e tu resta qua a scagliar pietre con gli altri! –

A Papìa

Se arrivano a sbarcare –

PAPÌA – mano ai coltelli, non dubitare!

CURRAO A terra, o loro o noi! – Andiamo, andiamo giù!

Scende con Trentuno, Filaccione, Osso-di-Seppia, Bacchi-Bacchi e il Riccio giù per il declivio della spiaggia.

TOBBA Ecco la prima!

PAPÌA (*levando la sua*) Pronte le pietre!

Si vede comparire dal basso la punta triangolare della vela dipinta d'un bel rosso arancione della prima paranza. E subito si odono confuse le grida dei nuovi arrivati sulle paranze e quelle dei coloni che vogliono ostacolarne l'approdo.

VOCE DI CURRAO Via! Via! Qua non sbarca nessuno!

VOCE DI TRENTUNO Forza! A loro! Di qua! Forza! Forza!

VOCE DI FILACCIONE Indietro! indietro! Ti sfondo la pancia!

VOCE DI OSSO-DI-SEPPIA Tutti a mare, canaglia, e ce la vedremo tra noi!

VOCE DI BACCHI-BACCHI Non sbarcate! Non sbarcate! Via! Via!

VOCE DEL RICCIO Giù le pietre! Giù le pietre!

E simultaneamente dalle paranze:

VOCI DELLA CIURMA Siamo amici – Siamo amici! – Non veniamo per male! – Lasciateci sbarcare!

Si vede comparire la punta di un'altra vela.

VOCE DI PADRON NOCIO Pace! Pace! Vengo per mio figlio!

VOCE DI MITA Dorò! Dorò! Siamo noi!

VOCE DI CROCCO Qua c'è Mita! Ci sono le donne! Le donne!

VOCI DEI COLONI (*da sotto, cessando d'ostacolare l'approdo*) Ih, le donne! le donne!

PAPÌA, QUANTERBA, BURRANIA (*buttando via le pietre e avviandosi alla spiaggia, di corsa, esultanti*) Le donne! Le donne! Le donne!

FILLICÒ (*a Tobba*) Vai a tenerli più! Hanno portato le donne!

TOBBA È finita la pace!

VOCI DALLA SPIAGGIA In trionfo, in trionfo le donne!

TRENTUNO Viva Marella!

QUANTERBA Viva La Dia!

ALTRI A CORO In trionfo! In trionfo!

51

IL RICCIO Qua, Nela, ti porto io!

OSSO-DI-SEPPIA In trionfo, Sidora!

CORO Sì, viva, viva! in trionfo! in trionfo!

CROCCO Anche Mita in trionfo!

E vengono su dalla spiaggia gridando con le donne in braccio dalle vesti sgargianti tra risa e fremiti di finto sgomento e di gioja, come in un festoso ratto rituale.

TRENTUNO (*con Marella in braccio, contesa da Bacchi-Bacchi*) Questa è mia! Questa è mia! Lèvati! Non la prendi più!

BACCHI-BACCHI No, no, mia! mia! Làsciala! Làsciala!

MARELLA Lasciatemi tutti e due, matti! Mettetemi a terra!

VOCI DELLA CIURMA Viva Marella!

BACCHI-BACCHI L'avevo presa prima io in braccio! Làsciala!

TRENTUNO No! Tu non l'hai saputa reggere! Lèvati, ti dico!

VOCI DELLA CIURMA Viva! Viva!

E il primo gruppo dei due uomini e della donna, attorniato da marinai della ciurma, così rissando, ridendo e applaudendo, dopo aver salito ridiscende e scompare da destra. E dalla spiaggia viene su un altro gruppo.

IL RICCIO (*con in braccio Nela*) No! Eccola qua la vera regina! Nela regina! Regina incoronata!

NELA No, no, basta, pazzo! Mi fai cadere! Mi fai cadere!

IL RICCIO Non cadi, no! Non aver paura che in braccio a me non cadi!

VOCI DELLA CIURMA Viva! Viva! In trionfo! Più alta! Più alta!

E via, da destra, mentre dalla spiaggia viene su Quanterba con in braccio La Dia.

QUANTERBA Dia di nome, Dia di fatto! Viva La Dia! Viva La Dia! Dia di tutti, ma tutta mia!

LA DIA Làsciami! Làsciami! Mi gira il capo! Mettimi giù!

E via, da destra. Viene su dalla spiaggia Mita, inseguita da Crocco.

MITA (*chiamando dall'interno*) Dorò! Dorò! Dove sei?

CROCCO (*cercando d'afferrarla*) Eh su, lasciatevi portare in trionfo anche voi!

MITA (*sfuggendogli*) No, no! Io, no! io, no!

DORÒ (*che se ne sta giù con La Spera davanti la casa diroccata, balza come un daino su la roccia in difesa della sorella*) Lascia mia sorella! Non arrischiarti a toccarla, schifoso!

MITA (*abbracciando il fratello*) Dorò! Dorò! Siamo venuti, vedi?

CROCCO A liberarti, sciocco! Siamo venuti a farti reuccio! Ma tua sorella me la prendo io!

Cerca di ghermirla.

MITA (*scostandolo*) No! No! Finiscila, ti dico!

DORÒ Fatti in là, o perdio...

E fa per avventarsi. Sopravviene dalla spiaggia Padron Nocio, seguìto da Burrania, Filaccione, Osso-di-Seppia, Papìa e qualche uomo della ciurma.

PADRON NOCIO Che cos'è? Giù le mani!

A Crocco

Tu t'attenti a toccare mia figlia?

CROCCO Si fa per chiasso, Padron Nocio!

PADRON NOCIO Non voglio di questi chiassi, io, con mia figlia!

A Dorò

E con te, mal'erba, ora faremo i conti, sai!

CROCCO (*indicando giù, davanti la casa, La Spera, avvilita col suo bambino sotto lo scialle, tra Tobba e Fillicò*) Guardate, guardate là! Se n'è stato sempre tra le gonnelle di quella sudiciona là!

Sghignazza oscenamente

Oh, la santa, guardate! La santa!

FILACCIONE (*sghignazzando anche lui, con gli altri*) Uh già, guarda! La regina! La regina!

OSSO-DI-SEPPIA E dire che abbiamo spasimato per quella toppa là scassinata!

PAPÌA È finito il tuo regno!

BURRANIA Puoi spegnere il moccolo che tenevi acceso per tutti, tu sola!

CROCCO Schifosa! Sgualdrina! Sgualdrina!

DORÒ Oh vigliacchi!

TOBBA È stata qua una sorella per tutti!

A Padron Nocio

E per vostro figlio, una madre!

FILLICÒ Vigliacchi!

CROCCO (*a Tobba*) Spàssati ora tu con lei, vecchio bavoso!

OSSO-DI-SEPPIA Ne abbiamo tante ora di donne!

PAPÌA E tu ridiventi quella di prima!

CROCCO Sgualdrina! Sudiciona!

OSSO-DI-SEPPIA (*sputando*) Pùh! Làvati la faccia!

FILACCIONE Pùh!

FILLICÒ Più l'hanno desiderata, e più ora la disprezzano!

TOBBA Dio vi punirà!

LA SPERA Lasciateli dire! M'offendevano quando mi desideravano; ora che mi disprezzano, non m'offendono più.

Ai denigratori

E non ve lo dico per superbia, no; anzi perché me ne sento castigata, e che mi castiga Dio per vostro mezzo! Per me è meglio così; sì, sì; meglio così, sputata, disprezzata, avvilita.

Viene intanto dalla spiaggia un tumulto di voci.

VOCI DELLA CIURMA – Addosso, addosso a lui!

– Agguàntalo! Non te lo fare scappare!

– Sgòzzalo! Sgòzzalo!

– Dàgli, dàgli col suo stesso coltello!

– Legàtelo! Legàtelo!

– Buttiamolo a mare!

– Sì, sì, a mare! a mare, legato!

– A mare! A mare!

– Giù, giù, forza! Atterràtelo, prima!

E simultaneamente, più alta, disperata,

LA VOCE DI CURRAO No, non m'avrete vivo! – Non importa, disarmato! – Vigliacchi, in tanti contro uno! – No, non mi legherete! Non mi legherete!

MITA Chi grida così?

DORÒ La voce di Currao!

LA SPERA Oh Dio, no! Che gli fanno? Che gli fanno?

MITA Lo vogliono legare! No! No! Si difende! Ah no, giù il coltello!

LA SPERA Sàlvalo, Dorò! Sàlvalo! Sàlvalo!

CROCCO Il tuo re!

Gridando giù

Sgozzàtelo! Sgozzàtelo!

OSSO-DI-SEPPIA Te lo legano e te lo buttano a mare!

LA SPERA No, no! Va', corri, Dorò! Sàlvalo tu, per carità!

DORÒ Lascialo! Lasciatelo, assassini!

Al padre

Ma grida! Ordina tu di qua che lo lascino! Lo legano per buttarlo a mare! Non vedi?

E si precipita giù.

PADRON NOCIO (*con gran voce*) O oh! Lasciatelo! Vi ordino di lasciarlo! Non siamo venuti qua per far male a nessuno! Venite quassù con me, tutti, e vediamo di mettere ordine prima che si faccia sera! Venite, venite su!

TOBBA (*a La Spera e a Fillicò*) Andiamo, andiamo noi laggiù, ad unirci a lui.

A La Spera

Non aver paura!

Tobba, La Spera e Fillicò salgono su la prominenza rocciosa per discendere alla spiaggia. Passando tra il crocchio dei denigratori, questi riprendono a dileggiarla tra sghignazzate e goffi inchini.

FILACCIONE Maestà decaduta!

BURRANIA Santa senza moccoli!

PAPÌA A quanto ti rivendi, bellezzina?

FILLICÒ Come non vi vergognate? Ha il bambino in braccio!

CROCCO Oh, tu! Tacchino spennacchiato! Hai finito, sai, di sparar la coda!

TOBBA Vieni, vieni, Fillicò, non dar retta!

Intanto dalla spiaggia, mentre i tre vi discendono, vengono su al richiamo di Padron Nocio gli uomini della ciurma, sei o sette, e Dorò.

PADRON NOCIO Andiamo, e chi vorrà stare in pace con noi, verrà a trovarci. Dove sono gli altri?

A Dorò

Tu facci strada.

Via per la destra con Mita, Dorò e gli uomini della ciurma. Restano in iscena Crocco, Burrania, Osso-di-Seppia, Filaccione e Papìa.

CROCCO Eh? Che ve ne pare?

BURRANIA Scorpione!

CROCCO L'ho pensata bella, sì o no?

FILACCIONE Ma troppa gente! Troppa!

OSSO-DI-SEPPIA No, meglio, anzi!

FILACCIONE Non ci sono più abituato, e...

OSSO-DI-SEPPIA Ti confondi?

PAPÌA Nessuno, oh, mi leverà il mio!

OSSO-DI-SEPPIA E poi, dico, non resteranno qua tutti...

BURRANIA E se qualcuno di noi se ne vorrà andare, ci sono ora quattro paranze...

OSSO-DI-SEPPIA Ma c'è terra per tutti, lasciali stare!

BURRANIA Piacerà restare, ora che la compagnia è cresciuta.

CROCCO Mi sono figurato che qua, a un altro poco, morivate tutti d'inedia...

BURRANIA Ma come hai fatto a persuaderlo?

PAPÌA Col figlio qua, bella forza!

CROCCO Il figlio! Non è stato mica il figlio soltanto. Certo, sì, è stato il gancio più forte.

PAPÌA Se voleva riaverlo, doveva pur venire o mandare altri a riprenderlo.

CROCCO Ma poteva anche ricorrere alla polizia; anzi, senza il rischio di vedersi combattuto da voi, com'è stato.

OSSO-DI-SEPPIA L'hai indovinata, furbacchione, a portarci le donne!

BURRANIA Appena le abbiamo viste sulle paranze!

CROCCO Eh, lo sapevo! – Ma persuaderli – padri e fratelli e mariti – a portarle

non è stato mica facile, sai? È che ho dipinto a tutti quest'isola come il paradiso terrestre.

OSSO-DI-SEPPIA – sì, dopo il peccato originale! –

CROCCO – mare pescoso; terra che, appena la gratti, ti dà quello che vuoi; questa luce giovanile, che so! e la vita come ti piace di fartela, con la tua bella libertà –

PAPÌA – ma se non ne hai i mezzi? – la libertà! – come fai a valertene?

CROCCO Appunto! Lui i mezzi ce l'ha. E noi ce ne varremo. Ora è in mano nostra, e sta a noi farne quello che vorremo: se siamo tutti d'accordo! State a sentire. Bestia, non sa neppur lui com'abbia fatto i denari con le barche che gli lasciò il padre. Ma è ambizioso; e ora questa per lui vuol essere la sua impresa: figuratevi com'io gliel'abbia glorificata! – Sarà il capo, di nome. Se vorrà comandare, avrà bisogno che gli diamo spalla noi contro quelli che, venuti qua prima, hanno preso il governo dell'isola. E allora ho pensato una cosa, state a sentire. Guardie del corpo. Noi cinque. E sei col Riccio, se vorrà starci.

PAPÌA Che vuol dire guardie del corpo?

FILACCIONE Guardie di lui?

CROCCO Per la sua difesa, a difesa del nuovo governo.

OSSO-DI-SEPPIA Sbirri, ho capito! Oh questa poi! Sì sì, sbirri, sbirri; io ci sto! Eh, non mi parrà vero di poterlo fare!

FILACCIONE Anche a me! Anche a me!

CROCCO Ma non dite sbirri, per carità: guardie del corpo, suona bene. Gli farò capire che n'avrà bisogno; e così ce la godremo senza far nulla, fingendo di presidiarlo, il pascià! Bisogna però tirar subito dalla nostra il vecchio Tobba.

PAPÌA Sì, e come? Sai bene com'è!

CROCCO Lasciandogli intendere che è per la pace: basterà! Tobba dev'essere con noi a ogni costo: ha lui l'intesa con la polizia, là a terra.

FILACCIONE Lo faremo generale! Nostro generale!

OSSO-DI-SEPPIA Magnifico, sì! Brache rosse e sciabola di legno; e il kepì col pennacchio! Ci penso io al pennacchio!

CROCCO Non scherzate, non scherzate, perché un complotto, presto, bisognerà metterlo su per davvero –

FILACCIONE – un complotto? –

OSSO-DI-SEPPIA – perché? –

FILACCIONE – del re spodestato? –

CROCCO – no, no, nostro, un complotto nostro, vero; ma facendo in modo che appaia di loro –

PAPÌA – ah già, sì! per dare a Padron Nocio una prova che è necessaria la nostra sorveglianza –

CROCCO – no, non per questo! Non intendo una finzione, io!

PAPÌA E che intendi allora?

CROCCO Venire a un fatto positivo – e grave – che renda impossibile ogni intesa con quelli.

FILACCIONE Un fatto? Che fatto?

CROCCO Uno – ora vi dirò – a cui bisognerà dare il colore d'una vendetta loro, degli spodestati contro l'usurpatore, mi spiego? Ma lo compiremo noi per vantaggio nostro: per levar subito di mezzo chi rappresenta per noi in questo momento il pericolo più grave, cioè che si mettano d'accordo, a danno di noi tutti, i due capi. Padron Nocio e Currao. Non capite chi? Eh, perdio, Dorò.

BURRANIA Ah, già! Dorò!

CROCCO Dorò tiene per Currao e La Spera, contro di noi. Tenterà tutti i mezzi per farli entrare nelle grazie del padre; allora per noi sarebbe finita.

PAPÌA Ma, levarlo di mezzo, come?

CROCCO Come! Bisognerà concertare il modo; e subito, questa sera stessa: lasciate fare a me!

OSSO-DI-SEPPIA (*voltandosi a guardare verso destra*) Zitti! – Oh, mi sembra proprio lui!

FILACCIONE (*piano*) Dorò?

BURRANIA Sì, è lui. Con la sorella.

CROCCO Mita? – Ah, vedete? vedete? Viene proprio per parlare con quelli giù alla spiaggia. E porta con sé la sorella?

PAPÌA Si ferma: ci ha visti.

LA VOCE DI DORÒ Crocco!

PAPÌA Ti chiama.

CROCCO (*rispondendo*) Ohi, Dorò!

LA VOCE DI DORÒ Vieni, mio padre ti cerca!

CROCCO Vengo subito!

Andiamo. Mi cerca, buon segno!

Via tutti per la destra. La scena resta vuota per un momento. Giunge dalla spiaggia un canto marinaresco dei pochi uomini rimasti a guardia delle paranze. Durante questo breve canto vengono su dalla spiaggia Currao, Tobba, Fillicò e La Spera. Scendono dalla prominenza rocciosa in silenzio e restano presso la casa.

TOBBA Io dico questo: che se noi abbiamo cercato d'impedire il loro sbarco è stato perché abbiamo supposto ciò che in fondo era vero: che venivano, condotti da quell'infame, per buttar via noi e mettersi loro al nostro posto –

FILLICÒ (*incalzando*) – e sopraffarci!

CURRAO (*brusco*) Sta bene. Abbiamo saputo impedirlo? – No –

FILLICÒ – ma perché i nostri, appena hanno visto le donne... –

CURRAO (*c. s.*) – hanno smesso subito di combattere, e siamo stati sopraffatti. – Che vuoi più farci? Ringraziarlo perché è riuscito lui, invece, a impedire ch'io fossi sgozzato, o legato e buttato a mare?

TOBBA Non voglio dir questo. Se non mi lasci parlare!

CURRAO Che vuoi più parlare! Vinti, traditi: basta!

TOBBA Ah no, perché così vieni ora ad affermare ciò che prima hai negato: Che ha diritto la forza. – No!

FILLICÒ Il diritto è nostro! La licenza d'occupare l'isola è stata data a noi, l'ha lui, Tobba; non l'hanno mica loro!

TOBBA Lascia star la licenza! Noi abbiamo stabilito un ordine qua, messe le nostre leggi; divise le terre, diviso il lavoro –

CURRAO E ora vengono loro e buttano all'aria tutto. Glielo puoi impedire? No. E dunque basta!

TOBBA Ma si può venire a un'intesa –

CURRAO – con loro? –

TOBBA – ottenere che ci sia rispettato –

CURRAO – da loro? –

TOBBA – ciò che spetta di diritto anche a noi che siamo i primi occupanti!

CURRAO E vai dunque a intenderti con loro, tu che lo credi possibile; vai pur là con gli altri!

E vai anche tu! Io resto qua.

TOBBA No: tu devi venire il primo!

CURRAO Io resto qua.

TOBBA Ma io sto dicendo tutto questo per te! Che vuoi che importi più a me dei miei diritti sulla terra? io guardo il cielo, lo sai.

FILLICÒ Devi venire con noi a difendere e far valere ciò che abbiamo fatto –

CURRAO – sì, per quelli a cui è bastato portare in trionfo una donna per cedere tutto! – Andate, andate: io non mi muovo di qua.

TOBBA Vado io per te.

A Fillicò

Andiamo.

E s'avvia con lui.

CURRAO No: bada, te lo proibisco! Parlate per voi! Guai se v'arrischiate a parlare per me!

Tobba e Fillicò via per la destra.

LA SPERA (*dopo una lunga pausa*) Tu non hai più una donna da portare in trionfo.

CURRAO Brava, mèttiti a rammaricarti anche tu, adesso.

LA SPERA No, Currao, non mi rammarico per me.

CURRAO E per chi, allora? Per me anche tu? tutti per me? Ma badate un po' a vojaltri, se vi riesce, e lasciatemi stare!

LA SPERA Volevo dirti appunto questo. Se vuoi che ciascuno badi a sé, io a me ormai so come badare.

CURRAO Che intendi dire?

LA SPERA Ho il mio bambino: mi basta.

CURRAO L'avevi anche prima il bambino; non ti bastava?

LA SPERA Sì, ma prima avevo da badare anche agli altri. Ora che gli altri non sanno più che farsi di me e mi disprezzano –

CURRAO – ti rincresce? –

LA SPERA – ma no, che vuoi che mi rincresca? Vorrei che tu... –

Esita a dire.

60

CURRAO – che io...? –

LA SPERA – non sentissi come un avvilimento per te questo disprezzo.

CURRAO Lo dici perché mi stai vedendo così? Come vorresti che fossi dopo quanto è accaduto?

LA SPERA Hai ragione, sì. M'era parso che fossi così per causa mia. Non voglio. – Ho visto che non sei voluto andare con Tobba...

CURRAO Hai creduto per causa tua?

LA SPERA Per quello che è stato fatto a me... Ma non importa!

CURRAO Che è stato fatto a te?

LA SPERA Niente; se non stai così per questo... A me basta per consolarmi di tutto, guardare gli occhi del mio bambino, quando li apre per guardare e non sanno nulla! Li guardo, e in questa loro innocenza mi scordo di tutto. E tutto quello che so io della vita mi pare allora lontano lontano, un sogno cattivo che la luce di questi occhi fa subito sparire.

CURRAO (*si alza, va vicino a La Spera*) Dorme?

LA SPERA Sì, dorme. Come se non fosse stato nulla. L'ho visto ora sorridere nel sonno.

CURRAO Ma saprà... Domani saprà, saprà...

LA SPERA Starà a me insegnargli ciò che deve sapere.

CURRAO Se non ci fossero gli altri!

Prende con cautela in braccio il bambino.

Tutti ora qua... Io che volevo mi crescesse lontano, fuori...

LA SPERA Non temere, vedrai... Prima che gli altri lo mordano col loro veleno –

CURRAO – ma tutti ora, subito! –

LA SPERA – avrò io il tempo e il modo, non temere, di mettere in lui tanta bontà e tanto giudizio, che se anche tutti mi grideranno pèste e vituperii, sputandomi in faccia e sghignazzando, non li sentirà, non li sentirà, come non li ha sentiti poc'anzi, standomi in braccio, qua sotto lo scialle.

CURRAO Hanno fatto questo?

LA SPERA Sì; ma non te ne curare...

CURRAO Col mio bambino in braccio?

LA SPERA Lo riparavo io il bambino.

CURRAO Hanno avuto il coraggio di sputare su te, col mio bambino in braccio? Quando è stato? Chi è stato?

LA SPERA Mentr'eri laggiù a dibatterti...

CURRAO Vigliacchi! Vigliacchi! Col mio bambino in braccio! Sono stati i nostri? Voglio sapere chi è stato! Chi è stato? Quelli che si portavano in trionfo le donne?

LA SPERA Ma è naturale: puoi immaginartelo: arrivate le altre, io sono ridiventata per loro, al confronto –

CURRAO – quella di prima?

LA SPERA Me l'hanno gridato...

CURRAO E hanno tutto dimenticato, schifosi? Ciò che sei stata per loro, ciò che hai fatto per tutti?

LA SPERA Cerchi la gratitudine? Hanno dimenticato quello che ho fatto per me, devi dire! Questo

e posa una mano sul bambino ancora in braccio al padre

questo che ho fatto per me, hanno dimenticato! E che vuoi che mi importi allora dei loro sputi e dei loro vituperii! – Dàmmelo!

CURRAO No! Come vuoi che lo lasci più a te, ora?

LA SPERA Temi che non lo sappia difendere?

CURRAO Ma non è per la difesa!

LA SPERA Per il disprezzo?

CURRAO Com'hai potuto sopportarlo? Dico, per lui! Per lui! Perdio, com'hanno potuto non pensare che non è soltanto tuo figlio? ma anche mio, mio figlio, e che come mio figlio debbono, debbono perdio rispettarlo!

LA SPERA Tu stai parlando, come se anche per te...

CURRAO Dici che non te n'importa! Ma come? Non t'importa che in braccio a te mio figlio sia stato sputato? – Mi credevano morto? – Ah, ma ce la vedremo! ce la vedremo! – Tieni!

Le ridà il bambino.

LA SPERA Che vuoi fare?

CURRAO Lèvati!

LA SPERA Per carità, Currao! Io ho parlato...

CURRAO Vigliacchi! Vigliacchi!

LA SPERA – per darti la prova, anzi...

CURRAO Hanno cangiato faccia perché son venute le altre! Era vero, dunque? Era vero –

LA SPERA – che cosa? – (*oh Dio, non posso vederti co*

sì!) –

CURRAO – che credevano ch'io comandassi soltanto perché avevo te, ch'eri allora la sola! Venute le altre, giù a terra anch'io? buttato in un canto e sputacchiato con te? io e mio figlio? – Ah no, perdio, no! Lo vedranno! lo vedranno!

LA SPERA Ah, ecco: così voglio, così: che tu ti rialzi!

CURRAO Mi piglierò una tale vendetta!

LA SPERA Ma non per vendicarti!

CURRAO Per vendicarmi, sì! per vendicarmi!

LA SPERA Si sono subito voltati verso il bene che arrivava, tanto desiderato!

CURRAO Buttando me a terra, e il mio bambino, con te?

LA SPERA Perché hanno creduto che questo bene, tu, lo avessi in me: tu solo.

CURRAO Per uno straccio di femmina, puzzolenti! Per quattro mocciose là, che non potranno mai avere, se pure in prima si son lasciate abbracciare! Hanno dimenticato tutto, perduto la vista degli occhi! Schifo! schifo! schifo! E perché sono così loro, hanno potuto credere che io qua comandassi soltanto perché avevo te!

LA SPERA Ora potrai dimostrare che non era vero.

CURRAO Sì, come? se per te, miserabili, mi han voltato tutti le spalle!

LA SPERA Ti volevo dir questo, vedi? Che tu non devi, non devi rimanere sotto il disprezzo con cui ora è naturale che vogliano pestarmi.

CURRAO Ah, ti par naturale? Dunque vuoi proprio che mio figlio non rimanga con te?

LA SPERA No, come! che dici?

CURRAO Se tu ti vuoi far santa, accòmodati! Ma mio figlio no, perdio! Per mio figlio non posso tollerarlo!

LA SPERA Non ti dico di tollerarlo. Fai conoscere a tutti, di nuovo, il cuore che hai avuto, venendo qua. Li richiamerai tutti a te, non dubitare! E non badare, non badare più a me... – Ah, guarda, viene qua Dorò con la sorella.

Si trae da parte. Entrano da destra Dorò e Mita. Come se questa, per ritegno o per vergogna, fosse
un po' riluttante, Dorò la tira per la mano.

DORÒ Eh via, non ti vergognare! Eccolo qua Currao; e quella è La Spera, col suo bambino. Ecco mia sorella Mita.

LA SPERA Sì, ricordo d'averla veduta...

DORÒ Ah già, sì, una sera, nella taverna di Nuccio d'Alagna; sì, sì, è vero!

MITA Ma no... io non ricordo...

DORÒ Eh, perché ora la vedi così; non puoi più riconoscerla, sfido!

MITA (*a Currao*) Non vi han fatto male?

CURRAO No: i vostri, nessun male.

DORÒ Sono stati quei vigliacchi, aizzati da Crocco –

CURRAO – sì, i nostri! –

DORÒ – come tanti cani si son voltati addosso a lei!

MITA Ma ora mio padre vuole riconciliare tutti! e sta cercando di là, appunto insieme coi vostri, di rimettere la pace.

CURRAO La pace? Ci sarà tra quelli più d'uno che farà di tutto perché non sia rimessa, la pace.

MITA Ma no, tutti m'è parso che s'adoperassero... –

CURRAO (*troncando, brusco*) – sì: perché io sono qua.

LA SPERA Inducetelo, persuadetelo voi, tutt'e due, ad andare anche lui di là! Fa', fa', Dorò, che lo persuada lei, tua sorella...

MITA Ma sì; venite, venite!

DORÒ Mio padre t'ha cercato!

MITA Sì, è vero! Ho sentito anch'io che ha domandato di voi! Ha di voi tanta stima!

CURRAO Stima di me? e s'è poi lasciato persuadere da Crocco a venire?

DORÒ Ah, ma glielo dirò io ora, che non dovrà più fidarsi di quello! E basterà per Crocco, e per quelli che hanno fatto subito lega con lui, vederti ricomparire tra me e mia sorella!

MITA Ne ho diffidato anch'io sempre; e se Dorò non fosse stato qua, avrei fatto di tutto, credete, per sconsigliare a mio padre di venire. Ora nessuno meglio di voi potrà guardare mio padre da Crocco.

DORÒ (*voltandosi a guardare verso destra*) Ah, ma viene lui, guarda, a cercar te, con Tobba e Fillicò. Miglior prova di questa?

MITA Eccolo qua, vedete? viene lui.

Vengono da destra Padron Nocio, Tobba e Fillicò. La Spera si discosta ancora di più e poi andrà a sedere su un sasso davanti la casa.

Incombe già l'ombra della sera.

PADRON NOCIO Vengo a cercarti io, Currao, e a porgerti io la mano per dimostrarti che questa nostra impresa non è stata, né vuol essere, come a te è sembrata, contro te e i tuoi amici. E vengo anche a invitarti a festeggiare con noi il nostro arrivo e il felice ritrovamento di mio figlio che s'era avventurato con te; e debbo ringraziarti del modo con cui me l'hai trattato.

TOBBA Eh, ma non lui soltanto; anche La Spera! Dov'è?

E la cerca con gli occhi.

PADRON NOCIO (*subito*) Meglio restare a parlare tra noi uomini, adesso. – Finito il primo scontro (subito per fortuna, e senza danno né per l'una parte né per l'altra) m'aspettavo in verità di vederti venire da me coi tuoi amici.

CURRAO Non sono venuto, Padron Nocio, per la semplice ragione che questa pace che voi vi figurate di poter rimettere tra noi, io non posso volerla.

PADRON NOCIO Ah no?

CURRAO No; se dev'essere a patto che qua non sia più come prima.

PADRON NOCIO E perché non dovrebbe, se – com'era prima – era bene?

CURRAO Perché il bene, Padron Nocio, è difficile a farsi; è troppo facile il male. Dico questo per i miei, che si sono subito arresi. – Il bene di cui noi avevamo bisogno qua, non può essere il vostro.

PADRON NOCIO Perché non può essere il mio?

CURRAO Ma perché di questo bene voi, per vostra fortuna, non avevate bisogno. Ricco; dentro la vostra legge là, che vi tutelava. Che siete venuto a fare, qua tra noi?

PADRON NOCIO Estro che mi s'è acceso... La cosa nuova...

CURRAO Ecco, lusso!

PADRON NOCIO No, tentazione. E poi, c'era qua il mio ragazzo... Mi son buttato, là e addio! Possiamo stabilire ora tra noi un accordo che migliori anche le vostre condizioni.

CURRAO E come? Ve lo sto dicendo. Se siete qua senza bisogno, per un di più che un intrigante, con lo scopo di vendicarsi di me, v'ha lusingato, che avreste potuto acquistare? Dite che potremmo avvantaggiarcene anche noi? Non è vero. Questo vostro di più, a noi, non bisognava. E guasterà tutto, per forza.

PADRON NOCIO Guasterà tutto? Ma no!

FILLICÒ Facciamo in modo che non guasti!

PADRON NOCIO Starà a noi!

CURRAO Guasterà tutto! Farà diventare facile il bene. Ecco. Sentite? Ora di là tripudiano, suonano, cantano, ballano... Avete portato l'ozio, lo spasso; e nascerà l'invidia, per forza, e la gelosia: nascerà l'ambizione e l'intrigo, per forza. Tutti i vizi della città avete portato, e le donne, il danaro. La città, la città da cui eravamo fuggiti, come dalla pèste.

PADRON NOCIO Fanno un po' d'allegria! Eh via, che c'è di male? Si dev'essere pure un po' allegri a questo mondo! A proposito. Me ne scordavo.

A Dorò

Va', va' a chiamare qualcuno della ciurma.

Dorò via per la destra.

Ho portato un po' di vino...

CURRAO Anche il vino!

PADRON NOCIO Oh, ma non di quello di Nuccio d'Alagna! Un vino... sentirete!

E s'avvia per salire sulla prominenza rocciosa.

Vogliamo bere! È stata pure una bella impresa oh! venire fin qua.

Gridando dall'alto agli uomini rimasti a guardia delle paranze.

Ohi, dell'«Angiolina»! tirate su i barili e le provviste da scaricare! E voi della «Costanza», le torce, le torce a vento che sono a pruavìa! Facciamo un po' di luminaria! Accendétele!

Ridiscende.

FILLICÒ Volete far proprio un festino?

PADRON NOCIO Ma sì! Senza tutto questo male che ci vuole vedere Currao. Proprio per festeggiare l'arrivo, come v'ho detto.

TOBBA Jer sera, Padron Nocio, qua, a quest'ora, finite le opere, mangiavamo al lume delle nostre lanterne da pescatori la minestra cucinata da La Spera – (o dov'è? – ah, te ne stai lì?) – scambiavamo tra noi qualche parola; Filaccione, più là, cantava sotto le stelle; e ciascuno alla fine se n'andava a dormire in santa pace.

CURRAO Pensateci bene. Siete cascato in mano d'un impostore che cercherà in tutti i modi d'approfittarsi di voi e della roba vostra, facendosi complici tutti. Mi dite a chi potrete ricorrere voi, domani? Venendo qua, vi siete messo fuori della legge vostra, e avete intanto distrutta la nostra. Vi rendete conto adesso di ciò che avete fatto?

PADRON NOCIO Ma se mi metto ora nelle vostre mani? Sono qua per questo!

Ritorna Dorò con Trentuno, il Riccio, Filaccione, Osso-di-Seppia e tre della ciurma.

TRENTUNO Eccoci qua!

IL RICCIO Ai comandi, Padron Nocio.

FILACCIONE Che c'è da fare?

PADRON NOCIO Andare giù a scaricare dalle paranze il vino e le provviste.

66

TRENTUNO Viva Padron Nocio!

IL RICCIO Il vino! Il vino!

FILACCIONE Donne e vino! Donne e vino!

OSSO-DI-SEPPIA Facciamo festino! Facciamo festino!

E, così gridando e saltando di gioia, si precipitano alla spiaggia.

CURRAO (*tra serio e ironico*) Tobba, tu che sei profeta; ricòrdaglielo tu che l'isola non è sicura. Se tutti vi si mettono a ballare, c'è il rischio – diglielo – che sprofondi sotto il mare.

PADRON NOCIO (*con arguta malizia*) Anche se ti metti tu a ballare con mia figlia Mita?

Lo prende sotto il braccio per avviarsi.

Andiamo, andiamo...

Via con Mita, Currao, Tobba, Dorò e Fillicò, senza neppur volgere uno sguardo a La Spera che resta sola nell'ombra col suo bambino.

Risalgono dalla spiaggia tripudianti con le torce a vento accese Trentuno, il Riccio, Filaccione, Osso-di-seppia e gli uomini della ciurma carichi delle provviste e dei barili di vino, gridando a

CORO – Corri, corri!

– Luce, luce!

– Donne e vino!

– Donne e vino!

– Facciamo festino!

– Facciamo festino!

Via per la destra, sempre gridando e saltando, a suono di fisarmonica e di cembali. Poi i rumori si perdono in lontananza. Pausa. Nella sera sopravvenuta si vedranno issare agli alberi delle paranze i due fanalini.

LA SPERA (*nell'ombra e nel silenzio, parlando al suo bambino*) Solo? No, solo. No, solo, Nico; no: t'hanno lasciato con la mamma tua, con la mamma tua! E neanch'io, no: sola no, Nico, se m'hanno lasciata con te, con te, amore mio, con te, gioia mia, Nico mio; Nico mio...

TELA

ATTO TERZO

La stessa scena dell'atto precedente; ma rallegrata dai preparativi d'una grande festa. Sulla prominenza rocciosa, la via che discende alla spiaggia è tutta parata di pali e festoni e lampioncini colorati. A destra, sul davanti, è stata rizzata una specie di baracca; un gran telaio quadrato di tela gialla di vela, col sole nascente dipinto in mezzo, sospeso a baldacchino su una tavola coperta da un rozzo tappeto violaceo, d'albagio. Sulla tavola, i doni per le spose: scialli di casimirra con lunghe frange e sciarpe di velo e lustrini; grandi fazzoletti di seta dai vivaci colori, collane di corallo e cerchioni d'oro.

Nuda, e più squallida che mai, rannicchiata sotto la roccia, la casa mezzo diroccata de La Spera, con la porta verde accostata.

Al levarsi della tela, la scena è vuota; ma si sentono dalla spiaggia sottostante salire gridi e risate di donne inseguite per chiasso: sono Nela e La Dia, Marella e Sidora; e i giovani che fanno il chiasso con loro, Papìa e il Riccio, Osso-di-Seppia, Burrania e Filaccione. La porta verde della casa de La Spera, poco dopo, è aperta dall'interno con cautela e ne esce Dorò. La Spera rimane a parlargli dalla soglia.

LA SPERA No, vai, vai, Dorò; e dammi ascolto, non venire più qua.

DORÒ Dici per mio padre?

LA SPERA Dico per tutti; anche per tuo padre.

DORÒ Senti, senti come gridano? Paiono impazzite tutte quante!

LA SPERA (*con intenzione; ma dolente*) Anche Mita?

DORÒ (*subito*) No, Mita no.

Poi, infoscandosi

Anche lei però bisogna che si levi dalla testa...

LA SPERA (*con ansia*) Dorò, sai qualche cosa?

DORÒ (*subito*) No, niente.

LA SPERA E perché dici allora...?

DORÒ Che cosa? No...

LA SPERA (*dopo una breve pausa, lentamente, guardandolo negli occhi*) Una cosa che tu pensi, e che io mi aspetto.

DORÒ (*turbato, e volendo nascondere il turbamento*) No, no... È che adesso qua, non senti? Ti pajono grida, risate giuste? Nessuno più bada a nulla, nessuno più lavora... E certe cose che prima non si sarebbero nemmeno affacciate alla mente, ora qua pajono lecite. Tutto par lecito!

LA SPERA Dici questo anche per tua sorella?

DORÒ Per mia sorella ci sono io e c'è mio padre.

LA SPERA Tuo padre non può più riparare, Dorò. Gli hanno preso tutti la mano. – Me soltanto non ha voluto guardare in faccia, nemmeno di sfuggita... E anche lei, tua sorella...

DORÒ Ma, sai? certi pregiudizii...

LA SPERA So, so. – Non importa. – Va', Dorò. È bene che non ti si veda qua da me. Va'.

DORÒ Per male che possa venirne a me, o a te?

LA SPERA A te, a te, Dorò. Che male vuoi che possa più venire a me, ormai; e poi da te?

DORÒ E a me, che male?

LA SPERA Sono come la pecora rognosa, a cui più nessuno si deve accostare. Ma all'occorrenza saprò difendermi. Tutto per tutto. Non temere. – Va', senti? vengono su...

DORÒ (*avviandosi*) Vado; ma sii sicura sempre di me...

Via per la destra. La Spera rientra in casa e riaccosta la porta. Vengono su dalla spiaggia inseguendosi, gridando e ridendo, La Dia e Osso-di-Seppia, Marella tra Papìa e il Riccio, Sidora e Burrania, Nela e Filaccione. (Le battute dei vari gruppi vanno dette simultaneamente, di modo che, anche se le parole andranno perdute – e non sarà un grave danno, perché dalle mosse e dai gesti si potranno facilmente indovinare, – ne risulti un effetto vivacissimo.)

LA DIA No, no, ora basta, finiamola!

OSSO-DI-SEPPIA Che basta! Ora viene il bello!

LA DIA Basta, ti dico! Giù le mani!

E fa per scappar di nuovo.

OSSO-DI-SEPPIA (*acchiappandola per la veste*) No, non mi scappi! non mi scappi!

LA DIA Lasciami, mi strappi la veste!

OSSO-DI-SEPPIA E tu dammi un bacio!

LA DIA No!

OSSO-DI-SEPPIA (*afferrandola*) Me lo piglio!

LA DIA (*divincolandosi*) Chiamo Quanterba, bada, chiamo Quanterba!

OSSO-DI-SEPPIA Ora lo chiami? Prima vieni a stuzzicarmi!

LA DIA Io?

OSSO-DI-SEPPIA Tu, tu, sì, con le tue amiche!

LA DIA S'è scherzato! Ora basta!

Osso-di-Seppia la bacia

Ah! Brutto! Puh! Puzzi di pipa!

Lo spinge indietro

Vàttene!

OSSO-DI-SEPPIA Un altro! un altro!

LA DIA (*respingendolo*) Vàttene, o grido! Vàttene, vàttene! Lo chiamo davvero, sai!

———

PAPÌA No, come l'hai dato a lui, devi darlo a me!

MARELLA Sì, corna! Me l'ha dato lui, non gliel'ho dato mica io!

PAPÌA E allor aspetta che te lo do anch'io!

IL RICCIO (*respingendo Papìa con una mano sul petto*) No, stai in là, se lei non vuole!

PAPÌA Oh, tu! Dici sul serio?

IL RCCIO Dico sul serio! Lèvati!

MARELLA (*mettendosi di mezzo*) Non litigate, via! Facciamo così! Uno a te!

Bacia Papìa su una guancia

Uno a te!

Bacia il Riccio.

IL RICCIO Benissimo! A me, due!

PAPÌA E allora io voglio l'altro! voglio l'altro!

MARELLA Eccotelo!

lo ribacia

Oh! – Sembrate affamati!

IL RICCIO Siamo, siamo affamati!

MARELLA Non s'è mai vista una cosa simile!

Notando la baracca:

Uh, guardate!

PAPÌA Si farà qui la festa!

MARELLA (*accorrendo alla tavola*) E qua ci sono i doni per le spose!

————

SIDORA (*con un virgulto in mano*) Non è vero! Eravamo scese tutt'e quattro –

BURRANIA – per noi! per noi! –

SIDORA – ma che per voi! –

BURRANIA – sì, sì, perché sapevate che alla spiaggia c'eravamo noi!

SIDORA Ma se non c'eravamo neppure accorte prima, che c'eravate voi?

BURRANIA Bugiarda!

SIDORA Dormivate! Stesi sulla rena come bestie morte!

BURRANIA E voi con la punta del piede siete venute a risuscitarci!

SIDORA Che piede? Io con questo!

E gli batte in faccia il virgulto.

BURRANIA Assassina!

Fa per prenderla e Sidora scappa.

SIDORA Non mi pigli! Non mi pigli!

BURRANIA M'hai fatto male davvero!

SIDORA Te lo meriti!

BURRANIA Eh sì, perché non ho saputo farti nulla!

SIDORA Giù le mani! Oh guarda, i regali, i regali!

E viene a finire anche lei attorno alla tavola.

————

NELA No, oh Dio... ajuto!

Sta per cadere.

FILACCIONE (*sorreggendola*) Ch'è stato?

NELA Un altro po' cado!

FILACCIONE Non sei mai caduta?

NELA Imbecille!

FILACCIONE Eh via, con Trentuno!

NELA Oh sì, proprio con lui! E perché allora mi sposerebbe?

FILACCIONE Appunto! Oh bella! E tu, perché, allora?

NELA Ma va', muso di cane!

   E gli allunga una manata sul petto, e poi si volta per scappare, ma non può.

Oh Dio, ho preso una storta!

FILACCIONE Vieni, ti reggo io.

NELA No, grazie; vado da me.

FILACCIONE Zoppa alle nozze, che scandalo!

NELA A ogni modo, stai pur certo, che non sarebbe mai stato con te!

FILACCIONE Chi disprezza compera!

NELA Oh, te neanche per un soldo rognoso!

———

MARELLA Guarda che scialli!

   Ne prende uno dalla tavola, e se lo mette sulle spalle.

SIDORA E guarda che collane!

   Ne prende una, e se la mette al collo.

FILACCIONE (*a Nela*) Sapessi come sarei buono io!

NELA Sì, come la lampreda che di primavera passa nell'acqua dolce!

LA DIA (*accorrendo a levar lo scialle dalle spalle di Marella*) O oh! Lèvatelo che non è tuo! E ripòsalo lì!

MARELLA (*levandosi lo scialle*) O che son tutti tuoi?

LA DIA Tuoi non sono di certo!

MARELLA (*andando a posar lo scialle*) Puh, volevo provare come si stava...

NELA (*indicando Sidora*) E guarda quella lì con la collana!

SIDORA Questa è mia! Questa è mia, e non me la leva nessuno!

LA DIA Proprio codesta? Come lo sai?

SIDORA So che una di certo sarà mia!

BURRANIA Gliela regalo io!

SIDORA Sì, lui! Vagabondo! non hai da far le spese a un grillo tu!

    Sopravvengono da destra Padron Nocio, Fillicò e tre vecchi marinai della ciurma.

FILLICÒ (*indicando a Padron Nocio le ragazze e i giovinastri*) Eccoli là! Vedete? Vedete?

UNO DEI MARINAI (*a Nela*) Vai subito via! Via, svergognata, o per Cristo...

    Le si fa sopra minaccioso.

UN ALTRO (*contemporaneamente a Sidora*) A casa! Corri subito a casa, o t'accoppo!

UN TERZO (*contemporaneamente, a Marella, cercando di cacciarla via a calci*) Via, faccia senza rossore! Via! E ringrazia Dio che non t'ammazzo come una cagnaccia di strada!

PAPÌA (*trattenendolo*) Eh via, vecchio stolido!

IL RICCIO (*contemporaneamente, trattenendolo anche lui*) Si sta scherzando!

FILACCIONE (*nello stesso tempo, trattenendo il primo*) Andate al diavolo! Qua siamo fuori del mondo!

BURRANIA (*al secondo, a un tempo con gli altri*) Bum! Accoppo! Chi accoppate?

FILLICÒ (*a Padron Nocio*) Vi pare che si possa andare avanti così?

IL PRIMO DEI MARINAI Non c'è più rispetto, né obbedienza!

Le ragazze, ridendo e strillando, scappano via per la destra.

PADRON NOCIO Basta! Basta! Vi ordino di finirla!

OSSO-DI-SEPPIA Ma che finirla, Padron Nocio, scusate! Non si faceva nulla di male!

IL RICCIO E proprio oggi, poi, che è festa grande!

PAPÌA Noi siamo qua per l'ordine, sotto il vostro comando; voi lo sapete!

IL PRIMO DEI MARINAI Sì, per l'ordine, dice!

IL SECONDO Quest'è bordello!

IL TERZO Le nostre figliuole...

PADRON NOCIO Basta! Zitti! Ordino a tutti di tacere! –

Ai cinque

Voi fatevi in là!

Papìa, Burrania, il Riccio, Osso-di-Seppia e Filaccione si ritraggono e si mettono a sedere sulla prominenza rocciosa.

FILLICÒ. C'è bisogno assoluto d'un riparo! Assoluto, assoluto, Padron Nocio!

IL PRIMO DEI MARINAI Ah, io per me l'ho già bell'e trovato, il riparo. A costo di rimetterci il posto!

IL SECONDO Eh sì, anch'io! anch'io!

IL TERZO Ce n'andiamo via tutti! Ce ne torniamo a terra subito subito!

IL PRIMO Non possiamo lasciare le nostre figliuole compromettersi così!

IL SECONDO Qua non c'è più né Dio, né legge!

IL TERZO Si sono tutte scatenate!

PADRON NOCIO Ma si sta già pensando a portar riparo, si sta già pensando!

IL TERZO Sì, e come?

IL PRIMO Che veste avete voi per celebrare qua stasera questi matrimonii?

PADRON NOCIO Ma no, che matrimonii! Si farà per finta!

IL TERZO Per finta?

IL SECONDO Come, per finta?

IL PRIMO E chi le terrà più, quando si vedranno, davanti a tutti, maritate? Voi scherzate!

PADRON NOCIO Ma nessuno ha mai parlato di veri e proprii matrimoni!

FILLICÒ Bisognerà aprir loro gli occhi, e bene, su questo punto!

PADRON NOCIO D'una semplice scritta s'è sempre parlato! Una scritta davanti a me, e basta! Tanto per dar loro, così, uno sfogo, e basta! E con la promessa di tutti che, domani, finita la festa, si ritornerà tranquilli e assennati al lavoro.

IL PRIMO Sì, al lavoro! Assennati! Nessuno ritornerà più al lavoro, qua, non vi fidate!

IL SECONDO Dicono che qua s'è fuori d'ogni regola e d'ogni legge!

IL PRIMO Fuori del mondo, dicono! E così è davvero! Mi par d'essere all'inferno!

FILLICÒ L'unica ve l'ho detto quale sarebbe, Padron Nocio, se volete rimetter l'ordine davvero!

IL PRIMO (*piano perché non sentano i cinque appollaiati lassù*) Ridare il comando a chi solo è capace di tenerlo!

IL SECONDO Currao! Currao!

IL TERZO Parla piano!

PADRON NOCIO (*accennando verso destra*) Andiamo di là!

FILLICÒ L'autorità, egli dovrebbe averla da voi, capite? Comandare qua legittimamente a nome vostro, di voi che siete il padrone, diventando...

> *E così parlando tra loro, escono per la destra.*

PAPÌA Ma che dicevano?

IL RICCIO È lui! quel cane di Fillicò, che trama...

> *Dalla spiaggia, a questo punto, sale Crocco; vede i cinque lassù intenti a seguire con gli occhi quelli che s'allontanano, ed esclama:*

CROCCO Ah! Siete qua? Finalmente! Vi sto cercando da un'ora. – Ma che avete?

PAPÌA Guarda, guarda là!

CROCCO Che cosa?

FILACCIONE Quei vecchi imbecilli!

BURRANIA Se ne sono andati confabulando tra loro...

CROCCO Bisogna finirla, non ve l'ho detto? Finirla.

IL RICCIO Noi siamo pronti.

CROCCO Pronti, sì! Dove siete stati? Vi trovo appollajati qua...

FILACCIONE Stiamo aspettando...

OSSO-DI-SEPPIA C'è ancora tempo alla festa! Non hai detto, quando s'accenderanno i lampioncini?

CROCCO (*scendendo con gli altri dalla prominenza*) Eh già! Come se non ci fosse prima da concertare –

BURRANIA – hai detto che ci avresti pensato tu! –

CROCCO Ma dobbiamo pur metterci d'accordo!

FILACCIONE Non siamo già d'accordo?

CROCCO Dico, sul come far nascere la lite!

PAPÌA Ma lì per lì, che vuoi concertare!

CROCCO Sciocco! Ti par facile? Il pretesto bisogna che figuri preso da loro e non da noi –

FILACCIONE – il pretesto d'attaccar lite? –

CROCCO – appunto! – come per un'intesa loro, capisci? e a fine di sopprimere il vecchio. Poi (che è, che non è) scampando il padre per la difesa nostra, ci andrà di mezzo il figlio. Io dovrò trovarmi accanto al vecchio; non posso farne a meno. Chi s'incarica allora di far la festa a Dorò?

OSSO-DI-SEPPIA (*interrompendo, con cenni furtivi, alla casa de La Spera*) Sss! Bada, c'è lì...

CROCCO Ah, già, La Spera!

Resta un momento perplesso; poi, di scatto:

Perdio, se ha inteso, la sgozzo!

E s'avvia per aprir la porta.

PAPÌA (*cercando di trattenerlo*) No, che fai?

CROCCO (*risoluto*) Lasciatemi fare!

Apre la porta

Ohi gentildonna! Vieni fuori!

La Spera si presenta sulla soglia.

LA SPERA Tu? Che vuoi ancora da me?

CROCCO Legittima curiosità. Sapere qua con gli amici, se tra le coppie che questa sera verranno a fare la scritta davanti a Padron Nocio sotto quel baldacchino, non figurerà anche quella di te e Currao.

FILACCIONE Eh, ne sarebbe tempo, mi pare!

Gli altri ridono.

LA SPERA (*lo guarda come una che abbia già preso il suo partito*) Ti pare? – Io, la scritta? – Scusate: non mi avete fatto ridiventare quella di prima? – E allora...

PAPÌA Allora che?

LA SPERA Eh! Una come me non si sposa. Le si sputa in faccia; voi lo sapete.

CROCCO Noi, sì, in faccia; possiamo averne il diritto, ora: ma lui...

LA SPERA Lui, no? – E perché voi sì, e lui no? – Oh bella! Avrà pur la bocca anche lui per sputarmi! E la scritta sotto quel baldacchino, allora, – più furbo di voi tutti – verrà a farla con un'altra, se mai, e non con me.

CROCCO Ah, ti sei dunque accorta...?

LA SPERA Di che?

CROCCO Che fa la ruota attorno a Mita?

LA SPERA (*più che mai impronta, apposta*) Sì, per toglierla a te.

CROCCO (*che non s'aspetta né quell'aria né quella risposta*) A me?

LA SPERA E darti così la risposta.

CROCCO Che risposta?

LA SPERA E come? non ricordi che tu, prima, volevi togliermi a lui?

CROCCO Ah per questo?

LA SPERA Non è forse vero?

CROCCO No, cara, perché lui, ora, séguita ad averti –

LA SPERA (*sfidando tutto per tutto*) – puh! come può avermi chiunque, oramai...

PAPÌA Ah sì?

OSSO-DI-SEPPIA Chiunque?

IL RICCIO Hai ripreso...?

FILACCIONE Ti si può venire a trovare?

LA SPERA Piano! Piano! Che meraviglia? Non avete voluto proprio questo, gettandomi a terra?

CROCCO Sì, ridurti al prezzo che vali: quattro soldi. Era ben questa la nostra rabbia prima: che tu non dovessi servire a tutti, ma a lui solo; e ch'egli se ne facesse forte per comandare su noi.

LA SPERA Già. Ma ora, vedi? con me, non si comanda più. Si comanda con Mita, ora. E dunque: tu m'hai disprezzata? per non dartela vinta, ecco che s'è messo a disprezzarmi anche lui; che vuoi farci?

> *Lo guarda e scoppia a ridergli in faccia, da pazza o da sgualdrina.*

PAPÌA Ma tu lo scusi o l'accusi?

LA SPERA Io? Né lo scuso né l'accuso. Dico quello che fa.

CROCCO Ah dunque s'è messo a disprezzarti perché t'ho disprezzata io?

LA SPERA Puoi negare che hai voluto abbatterlo col disprezzo gettato su me?

CROCCO Ma lui è vile se ti disprezza, ora che non gli servi più; e tanto più vile se lo fa, come tu dici, per non farsi abbattere da me.

LA SPERA (*torna a guardarlo, si fa avanti quasi con l'aria di quella di prima, poi gli dice lentamente, pigiando su tutte le parole*) Dovresti ricordarti che quando questi, che ora ti sono amici, si misero a dileggiare te, gridandoti in faccia e sghignazzando con gli altri: «Eccola là! Préndila! Non ci vuol nulla! Allunga la mano!» – (ricordi?) – io sola, allora, io sola ti difesi contro tutti.

CROCCO Ebbene? Vorresti difendere lui adesso con ciò che ho fatto io appena sbarcato? Ti pare che sia stato un vile anch'io a dileggiare te? No, cara! Perché anche tu allora devi ricordare che, dopo avermi difeso, rimasti soli, mi respingesti!

LA SPERA Ero di lui: dovevo respingerti.

    Lo fissa stranamente; poi, come soffocando un livore che la divora dentro, ripiglia:

– Vedi, il male, il vero male è questo, ora, per te – (per te e per me) – che Mita non è tua.

CROCCO Che intendi dire?

LA SPERA Che intendo dire? Che lui se la può prendere.

PAPÌA E come? abbandonando te e il figlio?

LA SPERA (*guardandoli a sfida*) Gliel'ho detto io stessa d'abbandonarmi.

TUTTI (*stupiti*) Tu?

LA SPERA Per vedere che cosa avrebbe fatto.

FILACCIONE E che ha fatto?

OSSO-DI-SEPPIA Al figlio tiene! Ci ha sempre tenuto!

LA SPERA Ma tiene di più a comandare. E vedrete che, pur di raggiungere lo scopo, abbandonerà anche il figlio!

BURRANIA Vuol rifarsi, sì! sì! È così chiaro!

LA SPERA A qualunque costo! Non vuol altro.

CROCCO Ma dunque...? Tu sei con noi?

LA SPERA Con voi? Sono qua, sfuggita da tutti...

CROCCO Se hai capito questo, devi essere con noi!

LA SPERA Con voi sì, se mi dite che volete fare...

CROCCO (*guardandola fisso*) Tu non lo sai?

LA SPERA Io no. Che cosa?

CROCCO (*c. s.*) Non hai udito nulla?

LA SPERA Nulla. Di che?

CROCCO (*voltandola, furbescamente*) Di quello... sì, diciamo, che vuol far lui...?

LA SPERA Currao?

CROCCO Non sai proprio nulla?

LA SPERA Nulla, no! Che vuol fare?

FILACCIONE (*che ha capito la voltata di Crocco*) Ah già, sì. Bene bene. Eh, lei deve certo saperne qualche cosa!

LA SPERA Ma no, proprio nulla, v'assicuro.

PAPÌA Del complotto...

LA SPERA Complotto? Chi? Lui?

PAPÌA Lui, lui. Coi pochi che sono rimasti dalla sua.

LA SPERA Complotto? e perché? contro chi?

OSSO-DI-SEPPIA Oh bella, per arrivare dove vuole! Non vuol Mita soltanto, lui! Vuol altro!

FILACCIONE Per fortuna, ci siamo qua noi...

CROCCO (*entrando in sospetto*) Basta, basta. Non sa nulla, avete inteso? E non sappiamo nulla neanche noi. Ma comunque, puoi star sicura che non la spunterà – te lo dice Crocco! –

BURRANIA No! anzi...

CROCCO Basta!

BURRANIA Ma se è con noi...

CROCCO Basta, perdio! Volevamo soltanto sapere se fosse a conoscenza di qualche cosa; non sa nulla: basta. Anche noi, del resto... sì, avevamo così in aria sentito dire... Ma non ci voglio credere neanch'io! Sarebbe troppo sciocco...

LA SPERA Ecco – e non è! E poi, complotto, con chi? Tobba non è capace di complottare; e Fillicò nemmeno... E ormai son così certi che Padron Nocio vorrà fidarsi soltanto di loro! Tobba n'è tanto contento...

CROCCO Te l'ha detto?

LA SPERA Sì, perché non capisce lui, nel dirmelo, il male che mi fa! Non può, non vuol credere, lui –

CROCCO – che Currao t'abbandonerà?

LA SPERA Non sa quello ch'io so. Non c'è mica bisogno che si dicano certe cose.

CROCCO Ti senti già abbandonata?

LA SPERA Sì.

CROCCO Vuol dire che egli si sente già sicuro d'averla vinta!

LA SPERA Dio non vorrà! Dio non vorrà!

CROCCO Non lo vogliamo noi, e non deve volerlo nessuno!

  Poi, volgendosi ai compagni, come per un'idea che gli sorga all'improvviso:

Aspettate! –

Si rivolge a La Spera

Di', non potresti farla tu la denunzia?

LA SPERA Io, denunzia? A chi?

CROCCO A Padron Nocio.

LA SPERA E che denunzia?

CROCCO Di questo complotto. È certo, sai! T'ho detto prima di no, perché per un momento ho diffidato di te. Egli vuol Mita, sì, ma per arrivare a impadronirsi di tutto, capisci? – Sa però che c'è un ostacolo. Ostacolo forte: prima per Mita, e poi per diventare lui solo padrone di tutto: Dorò.

LA SPERA Dorò?

PAPÌA Sì, Dorò che ti vuol bene e che certo s'opporrà per te alle sue nozze con la sorella. Capisci?

BURRANIA Lo vogliono levar di mezzo!

LA SPERA Dorò? Chi vuol levarlo di mezzo? – No!

BURRANIA Loro, questa sera stessa, durante la festa.

CROCCO Fingeranno una lite e, nel parapiglia, uno è incaricato...

LA SPERA No! No!

BURRANIA (*come colpito da un'idea*) Ma se fa lei la denunzia... – aspettate...

FILACCIONE Ma già, sì – aspettate! – a lei conviene invece che questo accada!

LA SPERA No! Che dici! Levar di mezzo Dorò? Mai! Mai! Bisogna salvarlo, salvarlo! A ogni costo, salvarlo!

CROCCO Ma sì, appunto, con la tua denunzia!

BURRANIA Non gioverà a nulla! Non sarà creduta! Parrà una denunzia interessata...

CROCCO Sciocco, e che importa che non sia in prima creduta? Lasciami dire! Ciò che a noi importa sopra tutto è che la denunzia intanto ci sia, e da parte di una che è in grado di sapere del complotto meglio di noi. Lasciate che non la credano! Quando poi il fatto accadrà...

LA SPERA Ma no, il fatto no, non deve, non deve accadere!

CROCCO Se non ti vorranno credere, accadrà per forza!

LA SPERA No! Deve stare a voi non farlo accadere!

CROCCO Noi faremo di tutto... Ma lo lascerà accader lui; se mai, Padron Nocio, non credendoti. E poi riconoscerà che tu...

LA SPERA No, no, quel povero ragazzo, no! Perché volete che la pianga un innocente?

CROCCO Noi? Non lo vogliamo mica noi!

LA SPERA No, no... non è possibile... non è possibile...

CROCCO Tu avrai tentato comunque di salvarlo, se fai la denunzia. E lo salverai, lo salverai, se sarai creduta. E salverai anche te e tuo figlio, sciocca, impedendo ch'egli si prenda Mita e t'abbandoni. Sarà messo al bando dall'isola, e tu potrai seguirlo.

PAPÌA Ecco: sta a te!

BURRANIA Benissimo!

IL RICCIO Noi t'abbiamo avvisata!

BURRANIA (*agli amici*) Così è tutto a posto.

CROCCO Una denunzia solenne, nel pieno della festa, davanti a tutti!

PAPÌA E noi, a una voce, saremo con te, a confermare!

OSSO-DI-SEPPIA Sì sì, magnifico! magnifico!

Quattro marinai, a questo punto, entrano da destra e s'avviano sulla prominenza rocciosa,
incaricati d'accendere i lampioncini colorati per la festa imminente.

CROCCO (*a La Spera*) Così, siamo intesi?

La Spera, assorta e sgomenta, non risponde.

Rispondi!

LA SPERA Sì, sì..., bisogna salvare... bisogna salvare Dorò... E anche il mio bambino, il mio bambino...

CROCCO E allora, noi andiamo. A tra poco. Ferma, eh?Dipende da te.

PAPÌA (*avviandosi con gli altri*) Oh guarda, cominciano ad accendere i lampioncini!

IL RICCIO (*a uno dei marinai*) Il corteo verrà su dalla spiaggia?

PRIMO MARINAJO Sì, da questa parte.

Crocco, Burrania, Filaccione e Osso-di-Seppia saranno usciti prima per la destra. Ora Papìa e il Riccio li seguono. La Spera resta come impietrita su un sasso.

SECONDO MARINAJO Sono già tutti alla spiaggia.

TERZO MARINAJO Vedessi come si son parate le spose!

QUARTO MARINAJO Come se dovessero sposare per davvero! Sarà una bella carnevalata fuor di stagione!

Entra Tobba dalla destra, costernato. Vede i quattro marinai che accendono i lampioncini anche attorno alla tavola col baldacchino, e si ferma un po', contrariato. Guarda La Spera là immobile; e viene avanti per mettersi a sedere su un altro sasso.

PRIMO MARINAJO Buona sera, Tobba. Tu sederai qua sotto il baldacchino accanto a Padron Nocio, no?

SECONDO MARINAJO Eh, vorrei vedere! Padron Nocio, in nome della legge; e lui, della chiesa. Tutto in regola e con tutti i sagramenti!

TERZO MARINAJO Non si fa mica per ischerzo qua!

QUARTO MARINAJO Scherzo? Vedrai come crescerà subito nell'isola la popolazione dei nati in libertà!

PRIMO MARINAJO Ma, dopo tutto, è naturale! Qua la legge e la chiesa basta che ci siano così per burla. Non è vero, Tobba?

LA SPERA (*levandosi*) Ci fosse almeno Dio solo per davvero! – Ma c'è! c'è! – E lo vedrete che c'è! – Siete venuti voi a farle diventare una burla la legge e la fede! Eh, ma non voi soltanto veramente...

E guarda Tobba.

PRIMO MARINAJO Che dici?

SECONDO MARINAJO Che hai?

TERZO MARINAJO Con chi te la pigli?

QUARTO MARINAJo Ancora non ti passa?

TOBBA Io no, sai! né lui! Se tu ci ajuti...

LA SPERA Io?

TOBBA Sì, tu. Sta a te soltanto.

LA SPERA Ah! Anche tu, «sta a te soltanto»? Da una parte e dall'altra, sta a me. Ma che cosa?

TOBBA Salvare tutto, sì. Ora ti dirò.

Fa cenno alla presenza dei marinai.

LA SPERA Io, salvare? E che posso io? Ah dunque, è già deciso? La sposerà?

TOBBA Ora, ora ti dirò; aspetta...

LA SPERA Ma sì! Ma sì! Io glielo lascio! – Io? M'ha già bell'e lasciata lui! – Ma ho compreso tutto, fin dal primo momento; e gliel'ho detto io stessa. – Tu che dicevi di no... – Se è così che si deve salvar tutto, vai, vai pure a dirglielo! Salvi, salvi tutto così!

TOBBA Non è questo, Spera.

LA SPERA Non è questo? E che altro, allora?

TOBBA Altro, se Dio te ne darà la forza. Ora ti dirò.

LA SPERA Non basta questo?

TOBBA Non basta.

LA SPERA Andarmene, dici? Mi vogliono mandar via?

PRIMO MARINAJO Ecco fatta la luminaria!

SECONDO MARINAJO Bella, eh? E ci saranno anche le torce a vento!

TERZO MARINAJO Su, su, andiamo incontro al corteo!

QUARTO MARINAJO A momenti, come s'alza la luna, s'avvierà.

I quattro marinai risalgono la prominenza e scendono di là alla spiaggia.

TOBBA (*alzandosi, risoluto*) Vuoi bene a tuo figlio?

LA SPERA Mio figlio? Che dici?

TOBBA Ho domandato male. Lo so che gli vuoi bene. Volevo dire, se vuoi il suo bene, più del tuo.

LA SPERA Certo, più del mio.

TOBBA A qualunque costo?

LA SPERA A qualunque costo, certo...

TOBBA Anche a costo dello stesso bene che tu gli vuoi?

LA SPERA Che discorso mi fai? Come c'entra mio figlio, il mio bene, il suo bene...?

O che forse lui...?

TOBBA No no, lui no!

LA SPERA Mi vuol levare il figlio?

TOBBA No, se tu non vuoi...

LA SPERA Voglio? Che dici! Posso volere...?

TOBBA Salveresti tutto!

LA SPERA Sei pazzo? – Ah mi vuol levare il figlio? Mi vuol levare il figlio?

TOBBA Ma no che non te lo vuol levare! Dice anzi che non è possibile...

LA SPERA Eh sfido che non è possibile! Non è possibile!

TOBBA No, dico, salvare tutto...

LA SPERA Ma come vorreste salvare tutto? così? – Spiègati! – Levando a me il figlio?

TOBBA Se potesse sposare Mita...

LA SPERA E perché non la sposa? La sposi!

TOBBA Perché il figlio non lo vuol perdere!

LA SPERA Ah, non lo vuol perdere? Il figlio, no? Allora niente! Il figlio è mio – mio, e sta con me.

TOBBA È anche suo, però.

LA SPERA E chi glielo nega? Io non voglio mica levarglielo! Stia qua; l'avrà con me! O quante cose vorrebbe? Questo, quella, e il comando, la gloria, e che altro?

TOBBA Nulla! Nulla! Ricusa tutto, se non ha il figlio.

LA SPERA Ah, l'ha posto dunque per patto?

TOBBA Per patto, sì.

LA SPERA Ch'io gli dia il figlio? È pazzo! È pazzo!

TOBBA Considerando se non sia meglio, per il bambino stesso, restare col padre anziché con te.

LA SPERA Chi, io? dovrei considerarlo io, questo? il bene di mio figlio, con lui che lo vuole per prendersi quella?

TOBBA Se senza il figlio non se la prende, è segno, mi pare, che gli vuole bene davvero; e questo deve affidarti.

LA SPERA Ma che dici? con quella? Mi parli del bene di mio figlio, con quella che gliene darà altri e gl'insegnerà allora a disprezzare il suo, avuto con me? Ma se gli volesse bene davvero, comprenderebbe che mio figlio deve stare con la sua mamma, perché il bene, il vero bene, glielo potrò dare io! io! – Egli mi vuole buttar via, ecco quello che vuole! E mi butti via, e s'impadronisca di tutto; ma non osi porre di questi patti! Non sono patti che si possano porre, questi! – Ma come? contrattate sul mio sangue? sulla mia carne? Ma che siete? jene, siete? E tu, tu vieni a propormelo, proprio tu? tu, a parlarmi del bene di mio figlio senza più me? – Ma dunque mi volete proprio ributtare alla perdizione con un po' di danaro, è vero? rimbarcarmi? e là, senza più il figlio, a battere di nuovo il marciapiede, alla calata del porto? Questo volete fare di me, dopo che m'ero qua rifatta nuova, Dio, alla tua presenza, alla luce del tuo sole, piena d'amore per tutti, io sola! – Ah Dio, se vuole far questo, se ha potuto pensare di levare il figlio a me, dev'esser vero! dev'esser vero! vero, anche se ancora non l'ha pensato, e l'ha invece pensato altri per lui diabolicamente; e lo denunzio! ora lo denunzio! Anche perché così soltanto posso salvare Dorò!

Si sente il rumore del corteo che s'approssima, venendo su dalla spiaggia, tra suoni di cembali e le fiamme fumose delle torce a vento.

Eccoli, vengono! vengono! Lo denunzio! Vado a prendere il mio bambino! Vado a prendere il mio bambino!

Corre alla casa, ne prende il bambino, lo nasconde sotto il «manto», e riesce. Il corteo s'approssima sempre più. Tobba è rimasto angosciato e perplesso. Appena vede riuscire La Spera, così disperatamente risoluta, le s'appressa, risoluto anche lui.

TOBBA Chi denunzi?

LA SPERA Lui!

TOBBA E di che?

LA SPERA Ora sentirai.

TOBBA Sei pazza? Che vuoi denunziare?

LA SPERA Il complotto! Il complotto!

TOBBA Che complotto?

LA SPERA Che volete uccidere Dorò!

TOBBA Ma no, che dici? Sei pazza? Chi vuol uccidere Dorò?

LA SPERA Lui, lui che mi vuol levare il figlio!

TOBBA Ma non è vero! Tu farnetichi!

LA SPERA Salverò, salverò anche lui, sentirai, se sarò creduta!

TOBBA Ma chi ti potrà credere?

LA SPERA Se nessuno mi vorrà credere, s'aprirà la terra! s'aprirà la terra! – Eccoli! Eccoli!

Il corteo viene su, goffamente pomposo, dalla spiaggia, tra torce accese e suono di cembali e fisarmoniche, bandiere di barche e lanterne e pennoni. Lo aprono padron Nocio, Mita, Currao, Fillicò e Dorò. Sono dietro i finti sposi: Quanterba e La Dia, Nela e Trentuno, Marella e Bacchi-Bacchi. Seguono tutti gli altri alla rinfusa, mezzo avvinazzati, con le facce sguaiatamente atteggiate della delusione d'un divertimento che nessuno riesce a prendersi, almeno così vivo come si riprometteva. Dapprima, al grido de La Spera, si fermeranno tutti, ammassati, sulla prominenza rocciosa; poi cominceranno a scenderne.

LA SPERA Aspettate! Aspettate! – Fermi tutti costì! –

VOCI DELLA FOLLA – Chi è? Chi è? – Perché? – Chi grida? – Avanti! avanti!

LA SPERA No, fermi! fermi! E fate silenzio! Dite che cessino i suoni, e state a sentire quello che vi dirò!

VOCI DELLA FOLLA (*di quelli che stanno indietro*) – Che cos'è? – Che avviene? – Su su, proseguiamo! – Perché non si va avanti? – Musica! Musica!

di quelli che sono avanti:

– Silenzio! Silenzio! – È La Spera! – Stiamo a sentire! – Fate silenzio! – Smetti, tu con quel cémbalo!

LA SPERA Dorò! Dorò, vieni qua! Vieni qua da me, Dorò!

DORÒ Io?

LA SPERA Sì, sì, qua da me! Vieni, vieni!

PADRON NOCIO (*trattenendolo*) No! Perché da lei?

LA SPERA Non lo trattenete! Lasciatelo venire! È per il suo bene!

Dorò si libera dalla mano del padre che lo trattiene e accorre a La Spera.

VOCI DELLA FOLLA – Ma perché? – Non spingete, perdio! – Perché ha chiamato Dorò? – Che gli vuol fare? – Piano! Piano! – Vogliamo la festa! – Lasciate sentire! – Avanti, avanti gli sposi! – Viva gli sposi! – Ma che avviene insomma? – È La Spera! È La Spera! – State a sentire!

LA SPERA (*a Dorò*) Stai qua con me, Dorò.

Poi volgendosi a tutti

Io vi dico che s'è complottato per uccidere questo ragazzo!

VOCI DELLA FOLLA – Uccidere? – Chi vuole ucciderlo?

PADRON NOCIO Mio figlio? Chi vuole uccidere mio figlio?

TOBBA Ma no, non è vero! Non è vero!

CROCCO, PAPÌA, BURRANIA È vero! È vero! È vero!

CURRAO (*saltando addosso a Crocco e trascinandolo giù*) Lo dici tu ch'è vero?

LA SPERA (*facendosi incontro e tirando indietro, dalle mani di Currao, Crocco*) No, lo dico io ch'è vero! Lo dico io!

A Dorò

Ti vogliono uccidere, Dorò!

A Padron Nocio e a tutti

Lo vogliono uccidere, perché sanno che non consentirà mai –

a Dorò

non consentirai mai tu, è vero Dorò? – mai, che tua sorella sposi lui

indica Currao che le sta di contro

lui che per prenderla mi vuol levare il figlio, levare il figlio a me!

CURRAO Ah, tu dici a me, dunque? che voglio ucciderlo io, Dorò?

TOBBA Non è vero! Non è vero!

CROCCO E I SUOI COMPAGNI Sì ch'è vero! È vero! – Lui, lui, sì! – Per levarlo di mezzo! – E impadronirsi di tutto! – E restare padrone lui solo! – Credetelo! Credetelo!

CURRAO Nessuno può crederlo!

TOBBA E non lo crede lei stessa!

CURRAO (*a Padron Nocio*) Non potete crederlo voi, che siete testimonio...

PADRON NOCIO No, no, io non lo credo, non lo credo!

LA SPERA Qua, qua con me, Dorò!

CURRAO (*a Crocco e ai compagni di lui*) E allora siete voi!

CROCCO Noi?

CURRAO Sì, voi! voi! Gliel'avete messo voi nella testa, quest'infamia, vigliacchi!

CROCCO E I SUOI COMPAGNI – Ma che noi! È stata lei! – Lei, lei! – Ch'è in grado di saperlo meglio di tutti! – Il complotto, sì! E l'ha svelato a noi! – Come a tutti qua! – L'avete udita! Credetela! Credetela!

CURRAO (*a La Spera*) Tu non lo credi! Tu non puoi crederlo!

LA SPERA Sì, sì, lo credo! Lo credo, se è vero che tu vuoi levarmi il figlio, come m'ha detto Tobba!

A Tobba

Questo è vero, quest'è vero, me l'hai detto tu!

TOBBA No, se tu potevi darglielo, t'ho detto!

CURRAO Ma ch'io volevo uccidere Dorò, chi te l'ha detto? Te l'hanno detto loro!

Indica Crocco e i compagni

Confessalo! Te l'hanno detto loro?

CROCCO E I SUOI COMPAGNI (*un po' a La Spera un po' agli altri*) – Noi? Te l'abbiamo detto noi? – Parla! Parla! – Non sei stata tu? – Sì, a dirci che voleva fare la denunzia! – E che anzi volevi riprendere il tuo mestiere! – Ma già! Sì, sì; ci ha invitato tutti ad andarla a visitare!

LA SPERA Oh vili, oh vili! Tutti vili! – Sì, è vero, me l'hanno detto loro, per spingermi a denunziarti!

CROCCO (*inveendo*) Ah mala femmina!

PAPÌA Mentisce!

BURRANIA Da quella sgualdrina che è!

CURRAO (*riparandola*) Nessuno la tocchi!

LA SPERA Ciò che volevano far loro doveva apparire come pensato e fatto da te!

PADRON NOCIO (*ai marinai*) Agguantate quell'assassino e quegli altri cinque là!

I marinai afferrano Crocco e i suoi compagni che si divincolano gridando.

VOCI DELLA FOLLA Teneteli! Teneteli! – Assassini! – Legateli! – Buttiamoli a mare!

CURRAO Aspettate! Aspettate!

A La Spera

E tu perché allora mi hai denunziato?

LA SPERA Per salvare Dorò!

A Padron Nocio

Per salvare vostro figlio! Ora voi non consentirete più che sia levato il figlio a me!

CURRAO Ah, no! ora il figlio tu me lo darai!

E fa per strapparglielo dalle braccia.

LA SPERA (*ribellandosi*) No! No!

CURRAO (*c. s.*) Ora te lo levo davvero!

LA SPERA (*c. s.*) No, no! Bada a te!

CURRAO Dammelo! Dammelo!

LA SPERA (*sfuggendogli su per la prominenza rocciosa*) No, no! Il figlio è mio! Il figlio è mio!

CURRAO (*inseguendola*) Tu me lo darai! Me lo darai! –

La raggiunge.

VOCI DELLA FOLLA – È indegna di tenerlo! – Se vuol rimettersi a fare la sgualdrina! – Al padre! al padre!

CURRAO Dallo qua a me! Dallo qua a me!

LA SPERA No, no! Se tu me lo levi, trema la terra! Trema la terra!

CURRAO Te lo strappo dalle braccia!

LA SPERA Trema la terra! La terra! La terra!

E la terra veramente, come se il tremore del frenetico, disperato abbraccio della Madre si propagasse a lei, si mette a tremare. Il grido di terrore dalla folla con l'esclamazione «La terra! La terra!» è ingoiato spaventosamente dal mare in cui l'isola sprofonda. Solo il punto più alto della prominenza rocciosa, dove La Spera s'è rifugiata col bambino, emerge come uno scoglio.

LA SPERA Ah Dio, io qua, sola, con te figlio, sulle acque!

TELA